In the Province of the Gods
Kenny Fries

ケニー・フリース 著
古畑正孝 訳

マイノリティが見た神々の国・日本

障害者、LGBT、HIV患者、そしてガイジンの目から

伏流社

IN THE PROVINCE OF THE GODS
by KENNY FRIES

そこにいたマイクに捧げる

私たちは言ってみれば、とりあえず生まれる。どこに生まれるかは重要ではない。自身の中の真の出生場所は徐々にしか作られない。だから、私たちは遡ってそこに生まれるのかもしれない。

ライナー・マリア・リルケ

……日々旅にして旅を栖とす。

芭蕉

目　次

プロローグ：神々の国で　一

Ⅰ　浮　遊　五

1　玄　関　六
2　おみくじ　二三
3　バリアフリー　四三
4　異文化の中での関係　五六
5　もののあわれ　七〇
6　肉体的事実　八六
7　頭がい骨の山とろうそくの灯された墓地　九八
8　感染した喉と癒しの木　一〇九
9　丘を借りる　一二九

Ⅱ　遠く離れて　一四三

1　宣告の前　一四四
2　宣告の後　一五四

III 世界　一七九

1 名残　一八〇
2 二羽の片翼の鳥　一九六
3 歴史は創られる、または蛭子の言うこと　二一三
4 マレビト　二二四
5 泡立つ水　二三七
6 私の日本　二四九
7 前と後　二六三
8 プラスの効果　二八四
9 古の土地での新しい物語　二九一
エピローグ：行列　二九八
謝辞　三〇四
参考図書　三〇八

装画：佐藤潤　テラノストラ　／　装丁：山口真理子

プロローグ：＊神々の国で

私にとって神の存在が必要とされる時があるとすれば、今がまさにその時だ。

十月初め、私は、日本で二番目に格式が高いとされる、出雲大社に到着する。神話では、最初の神殿を建てたのは、太陽神である天照大御神とされる。毎年の十月には、八百万の神々が＊神在祭《かみありさい》で出雲大社を訪れるために、この月は日本の他の地方では、神のいない神無月《かんなづき》と言われている。神々は今、ここの社にいらっしゃるのだ。

私は森林に覆われた神社の境内への入り口を示す優雅な木の鳥居の下に立ち、これから杖の力を借りて、神社の中心部への参道である、節くれだった松の並木が続く＊松の馬場を進むのだ。

見上げると、拝殿の入り口には、藁で編んだ縄を寄り合わせた伝統的な飾りである、巨大なしめ縄が掛かっている。それは藁でできた巨大な造形物だ。細めの四つの縄の輪で焦げ茶色の木の梁につるされた、藁と同じ色の大きな木の竿に、五本の太いしめ縄が六つの縄の輪で括り付けられている。最も大きい三本のしめ縄には、三つの円錐型の鈴がつり下げられている。

私はしめ縄の一つに近づいて、鈴を鳴らす。

鈴を鳴らすことで、ご祭神に参拝者の来訪を知らせるのだ。神々は今、私がここにいることをご存じだ。

聞きたくはないことを医師から聞かされて以来、私の頭の中は、「死にたくない」ということで一杯だ。

綱を引いてもう一度鈴を、今度はもっと大きく振り鳴らすと、反響が拝殿のすぐ裏の本殿にまで届く。

私は、銅の音色が空中に響き渡り、本殿に続く屋根付きの急な木の階段の正面で消えていく様に耳を澄ます。灰色の千木《ちぎ》が屋根から突き出した現在の建物は、二十五回目の建て替えによるものだ。仏教伝来以前の当初のものに比べると、半分の高さしかないが、二十四メートルの社殿は、日本で最も高い。本殿への入場は、特別な式典の時にだけ許される。他に先駆けて祖国を捨てて日本に永住した作家ラフカディオ・ハーンは、ここから三十三キロしか離れていない松江に暮らしていた。ハーンは、出雲大社の本殿に入るという栄誉を与えられた、最初の外国人だった。

私は白木の彫刻と、悪魔除けのために掛けられる稲妻形に切り取られた白い紙、御幣《ごへい》で飾られた八足門《やつあしもん》から、神職のトップである宮司にしか入ることの許されない本殿をのぞき込む。

ポケットに手を入れて、私にとって特別なコインを探る。二カ月前に、隣のベッドの男が亡くなった病室で見つけた、ペニー硬貨だ。コインには昔から、交換価値を超えた深い意味が込められてきた。

私は目を閉じて、まだ可能性はあると思っていることを祈る。この状況を切り抜ける最善の方法がわかり、死の自覚という、絶えず付きまとう道連れと共に生きる方法が見つかるようにと。

私は礼をし、柏手を打って、コインを賽銭箱の中に投げ込む。

コインが箱の底で、カタカタと鳴るのが聞こえる。

私の祈りは、差し迫ったものだ。木の箱の底のコインには、私の魂がこもっている。

日本の障害者の生活を研究するために、最初に日本に来た時のことを考える。イアンが一緒に来るはずだった。だが、日本に着くまでに状況は変わっていた。

最初の日本滞在では、調査は途切れがちで困難だった。一方で、この十八年間で初めてパートナーがいなくなり、この異文化についてだけでなく、人とは違った自分の体と自分自身に対しても、新しい向き合い方を発見した。

だが、今回の二回目の訪問では、状況は再び一変している。私は、二度と戻ることのない場所の、瀬戸際まで来てしまっている。

だが、自分がこんなことをしていようとは、考えもしなかった。最初に日本に着く前には、地球を半周した所へ、一人で行くなどとは夢にも思わなかった。

【訳注】

神々の国で

ラフカディオ・ハーンの『知られざる日本の面影』の第七章の表題が、「神々の国の首都」（松江）とされている。

神在祭

出雲大社で毎年旧暦の十月に行われる神事。日本国中の神々がこのとき大社に参集するという信仰に基づく。旧暦の十月は神無月と言うが、これは全国の神々が出雲に集まられるためである、とも言われ、出雲では神有月《かみありつき》と呼んでいる。

松の馬場

出雲大社域入口に立つ木の鳥居から境内へ一直線に続く参道。両側からおおいかぶさるように続く松並木は、寛永年間（一六二四～四四）に奉納されたもの。

I 浮遊

日本人が網目状の空間と考えるものにおいては、内側、外側、人の手になる自然が、継続的な共生である自然の一部を成すとされる。今もなお理想とされるのは、対極にあるものが一つになることだ。

ドナルド・リチー

1 玄関

家に一人でいると電話が鳴る。誰とも話す気分ではなく、留守番電話に対応を任せる。

相手へのメッセージの後で、

「日本へ行く芸術家の一人に、あなたが選ばれたことをお伝えします。数日中に確認のメールをお送りします。当面、何かご質問があれば、お電話ください」

という、聞き覚えのない声が聞こえてくる。

メッセージを聞き直し、電話番号を書き留める。スタジオで荷造りをしているイアンに電話する。しかし、応答はない。

イアンは、日本行きの企画案を書くのを手伝ってくれた。日本では、研究以外にも、外国でイアンと暮らすことで、二人の関係に冒険や目的意識が復活するのを、私は楽しみにしていた。この一年、二人の関係は難しいものになっていた。私の左足が痛み、移動の自由が徐々に制限されたために、うつ病が再発していた。この病気は、十年前の三十歳の頃、腰の痛みがちょっとした悩みではすまされなくなり始めた時に、初めて患ったものだった。

だが一月前にイアンから、当時景気が良かったインターネット技術の仕事の失業手当が切れかけていて、バージニアにいる父親の仕事を手伝おうと思っていると、告げられた。

「僕と別れるのか?」

と、私は問い詰めた。

「別れるわけじゃない。距離を置くだけだ」

「距離を置くだって? 僕は距離を置きたくはない」

「俺たちは、元のように一緒には住めなくなっている。ダメになりかけているんだ」

「君に行ってほしくない」

私には、他に言うべき言葉が見つからなかった。

「君なしでどうやっていったらいいんだ」

「いつだって何とかなっているじゃないか」

数えきれないほど多くの友人やセラピストから、同じことを言われ続けてきた。それでも、私には納得できない。

私は食堂のテーブルに着き、そこからは、二人が会ってすぐ後に、私の好みの配色でイアンが塗ってくれたペンキの具合や、居間とキッチンと食堂に使ったゴールドのミルクペイントの三段階のグラデーションが、出会ったばかりの頃の、二人の関係の心地よさと親密さにふさわしいものだったことが、はっきり見て取れる。寝室に、ビリヤードテーブルのグリーンを使うという勇ましい選択から、二人の出会いがもともとどれほど大胆なものか、一緒にいて感じられる自信がどれほどのものかがよく伝わってくる。

だが今になって、イアンは出て行こうとしている。

電話をしてからほぼ二時間で、イアンが、スタジオから別れを言いに帰ってくる。彼は、重いバッグを持って、家に入ってくる。

「信じないだろけど」

と、私は居間の奥から話しかける。

「日本行きの助成がもらえたんだ」

イアンは、バッグを落とす。

「嘘だろう」

「メッセージを聞いてみろ」

イアンは、その日の朝までは二人の寝室だった部屋に入っていくと、留守番電話のメッセージを再生する。

「おめでとう」

イアンは食堂に戻り、私を真っすぐに見る。

「行かなくては」

もしこの電話が二カ月前か、せめて一カ月早くありさえすれば、状況は違ったものになっていたかもしれない。

「そうだよね」

と私は言い、立ち上がって、今でも真の心の友、人生で最愛の人と思っているこの男を抱きしめる。

二人が「距離を置く」という言葉を使うのは、これが永遠の別れであり、終わりだと言うのは、どちらにとっても耐えられないからだ
私には、十八年ぶりにパートナーがいなくなるのだ。

食堂のテーブルに戻り、イアンの使い古した赤い車がスタートし、前の通りを走って行く音を聞いてまず思ったのは、これから日本で一体どうやっていこうか、ということだった。

成田空港に着くと、空は鉛色で、春の終わりを告げる梅雨の季節の東京ではありがちだと聞かされていた気候だ。飛行機を降りるとすぐに、ターミナルで、携帯で話しているダークブルーの背広を着た、大勢の日本人ビジネスマンに取り囲まれる。察するに、携帯電話の向こうにいる横暴なボスに対してだろう、お辞儀をしながら、「はい、はい」とていねいに答えている。

成田から東京への一時間半の電車の旅で、私は初めて「日本」を垣間見る。夕方近くのもや

の中で、稲田の手入れをしている男が、周りに比べてとても小さく見える。男自身が小さく見えるのでも、周りの方が大きく見えるのでもない。男が周囲の風景にピタッとはまっている様子が独特なのだ。しかし、こうした様子には、見覚えもある。目の前の光景は美術館や美術書で見た浮世絵の版画に似ている。北斎や広重の「浮世」のスケールや遠近法の中に、どういうわけか自分が入り込んでしまったかのようだ。

稲田から丘に目を向けると、日本の丘がここでは比較的尖っていることに気付く。草や木の緑のさまざまな色合いが、午後の鉛色の背景の中で一層際立っている。ライム、エメラルド、オリーブ、ツタ、青や黄色がかった緑に加えて、後にしてきた寝室の壁のビリヤードテーブルのグリーンのように、濃い緑色さえある。

東京駅に着き、これまで乗り降りした中で最も大きく、最も混雑した駅の中を突き進む。どの方向からも人々が、いくつもの広い列をなして押し寄せてくる。英語や英語もどきのものも含めた数えきれないほどの案内板が、それぞれ違う色で示された地下鉄や、通勤電車、新幹線へ、さらには無数にありそうに見える駅の出口へと乗客を導く。

駅の混雑に慣れているイアンと一緒だったら、どんなに心強かったろうか。休みなく動き続ける人波の真中で立ち止まり、私はやっとタクシーのマークの付いた標識を見つける。矢印が指し示すと思われる方向に進みながら、行先を運転手に丁寧に告げるはずの、

「ロッポンギ　クダサイ」

という、教わった短い言葉を頭の中で何度も繰り返す。

正しい出口であってほしいと思う所へ向かって進みながら、私はポケットに手を入れ、アパートの準備ができるまでの二日間滞在する国際文化会館から、メールで送られてきた地図があることを確認する。メールには、

「この地図をタクシーの運転手に渡すように」

というメッセージが添えられていた。

「東京でも日本の他の場所でも、住所はとても見つけにくいです」

驚いたことにすべてが順調に運び、タクシーは、私を国際文化会館の前で降ろし、チェックインした後、私は狭い部屋のシングルベッドで眠り込む。

翌朝、国際文化会館の文化担当から、日本でうまく生活していくために必要な基本的な道具である携帯を入手し、さらにもう一つの道具である名刺を注文する場所を教えてもらう。

六本木を歩いていて、私の心と体は、チカチカする無数のネオンのように酔っ払っている。ネオンと言えば、ここでは、文字が縦に並んでいる。現代日本語を構成する三つの異なった文字のシステムである漢字とひらがなとカタカナ、さらにはローマ字（英字）の看板が、目につく高さの至る所に掲げられている。

「チェリー キャット」
「エキサイティング プラザ」
「ポエット ボックス」

こうした看板は、いったい何を意味しているのだろうか。

曲がりくねった路地を散策していて、路地に並ぶ電柱と電線の存在に気付く。こうしたものは、地震や台風の時には安全なのだろうか。東京は、火災や天災によって何度も破壊し尽くされてきた。ここでは、物事は永続的ではないという事実が、目の当たりにされるようだ。

なじみのない音や画像があまりにも多く氾濫する中で、国際文化会館へ戻る道を思い出せるかどうか不安になる。東京は、右へ曲がり、もう一度右へ、さらにもう一度右へ、そしてもう一度右へ曲がっても、スタートした場所に行きつかない世界でも珍しい都市かもしれない。

日本の習慣になじみのない外国人は、靴を脱がずに家に上がってしまい、主人を驚かせることが多い。そういう外国人の一人にはなりたくないが、靴を脱ぐという習慣は、私のような者にとっては深刻な問題だ。日本人は、着いた時には靴を脱ぎ、出る時には立ったまま、やすやすと靴を履く。私には生まれつき両脚に欠けている骨があって、足の形が普通とは違っている。

そのために、動き回るためには特別にデザインされた矯正用の靴と杖が必要である。そして、家の周辺では、そうしたものなしでも何とかなるとしても、大きく、普通とは形の違う靴を脱いだり履いたりするためには、座り込む必要がある。玄関に椅子がない場合には、どれほどみっともなくとも、私は床に腰を下ろし、座り込まなければならない。

明治通り沿いのアパートに引っ越し、玄関に、くつろいで座れて、入る時に靴を脱ぎ、出かける時に靴を履くのに十分なだけの高さの段差があるのを見てほっとする。狭い二部屋の、薄いカーペット敷きのアパートを、靴を履かずに、ほとんど痛みを感じないで歩き回れることにもほっとする。

家主のエイコさんが、インターネットがうまく接続できないので見に来てくれ、靴を脱ぎ、

「失礼します」

と言ってから、アパートに上がる。

やがて、日本人の訪問客は誰も、インターネット接続の問題を解決しに来るケーブル会社の人まで、家に入る時にこの言葉を言うことに気付く。

ニューヨークから来ている日系アメリカ人の詩人で、やはり助成金をもらっているブレンダが、二階に住んでいる。彼女はここにすでに四カ月いて、いくらか日本語がわかる。私はブレンダに、この「失礼します」という言葉について聞く。

「文字通りには、悪いことをしそうになって申し訳ないとか、きまりが悪いとかいう意味よ」

と、彼女は説明する。

「決まりが悪いだって。悪いことだって。あの人たちがやっているのは、靴を脱いで私のアパートに入って来ることですよ。それも、私がそうするように頼んだのに」

「それが日本なのよ」


　私は、日本にやって来る最初の外国人作家などでは決してない。一緒に来るはずだったイアンがいなくなり、私は新しい案内役を探さなければならない。最初の案内役が、祖国を離れたアメリカ人で、一九四七年から東京に住んでいる*ドナルド・リチーの著作である。リチーは、著作を通して、多くの現代日本文化、特に日本映画を西欧に紹介した。彼の本を読むことで、私は、ラフカディオ・ハーンについてさらに学ぶ。リチーとハーンは、案内役としてだけではなく、外国人がどのように日本に親しむかについての手本としても役立つ。

　アイルランド人の父とギリシャ人の母の間に生まれたハーンは、記者をしていたニューオリンズから遥々日本にやって来た。一八九〇年の初めに、ハーパーズ社が、今の私より一歳若かったハーンに、奇妙で絵のように美しいと言われていた土地での記事を書くために、日本に旅しないかという話を持ちかけた。日本に着くと、ハーンは、まだ将軍がいて、わずかなポルトガル人とオランダ人商人以外は入国できなかった、江戸時代の日本の名残を探し求めた。ハーンの探求は、最終的には日本の昔話を復元し、再構成して、外国ばかりでなく、日本においても広めることにつながった。

ドナルド・リチーは、ラフカディオ・ハーンについて、

背が低かった……日本人は当時背が低かった。それに、西欧的な意味ではハンサムではなかったが、どういう外国人がハンサムと思われていたかを知る者は、当時の日本にはほとんどいなかった

と述べている。

日本へ来る準備をしていて、目の前に現れるチャンスはすべて生かそう、できるかぎりすべての手がかりを追ってみようと、私は自分自身に約束した。

だが今のところ、何の手がかりも見つかっていない。乙武洋匡の自伝、『五体不満足』以外には、障害を持った日本人について書かれた本で英訳されたものは多くない。私は乙武の代理人に連

絡を取る。だが、一通のメールではねつけられる。

「乙武さんは障害者であることについては話したがっていません。彼はスポーツライターになりたいと思っています」

仕方がないので、私は、新しいご近所を探策する。近くの小さな商店街で、ローストチキン、ポテトコロッケ、日本風のいろいろな揚げ物や煮物といった総菜を売っている、小さな店を発見する。商店街の様子は、江戸時代からあまり変わっていないようにも見える。また、ゆったりしたワンピースの普段着に綿のスカーフを頭に巻いた、小柄で、ずんぐりした二人の年配の女性を見かける。彼女たちは毎日、通りの他の建物に比べておんぼろの、平屋のアパートの前に座っている。通りがけに、私は二人のアパートと思われる建物をよくのぞき込む。長年放置されてきたに違いない物が、山と積まれているだけだ。私は、すぐに目をそらす。

私が初めて通りを歩くと、この二人の女性は、私のことをじっと見る。

「いつも商店街で外に座っている女の人はどういう人なんだい？」

と、私はブレンダに聞く。

「あの人たちひどくない？」

と、ブレンダは言う。そして、

「あの人たちはいつも私をじっと見るの。どの店でも初めはあんな風に見られたけれどね」

と、付け加える。

「私が最初に来た時に店の人たちはおろおろしたし、私も日本語が話せなかったわ。私の言うことがわからないから、私の役に立てないだろうと、みんなは心配だったみたい」

二人の女性が私をじっと見るのは、多分私に障害があるからではなく、私がここでは新参者で、加えてガイジンだからだろう。こんなことは考えてみたこともなかった。

ブレンダの部屋を出た後で、私はイアンにメールを送って、どう思うか聞く。そして、日本に私を訪ねてくれるかどうかも聞く。アメリカでは今深夜だ。イアンから返事が来るまで少し時間がかかるだろう。

午後遅く、私の住む通りの端にある小さな庭園、新江戸川公園で時間を過ごす。エイコさんは、俳人の芭蕉がこの公園について句を詠んだというが、私にはその句の読まれた場所を見つけることができない。この庭園には、見たところ一部はキジで、一部はアヒル、一部は七面鳥という不思議な鳥が住んでいて、近づくと私に向かって騒ぎ立てる。

夕暮れどきには、川というよりは運河である浅い江戸川べりを、この庭園の先までよく歩く。この晩は、乳白色の夕暮れだ。次第に暗さを増していく鉛色の空とすべてが混じり合う。夜の訪れが間近い空は透き通って見えるが、湿気のために霧が運河を包んでいるようにも見える。すべての遠近感がなくなる。これが、ハーンが日本に着いた時に書いた「大気の清澄さ」に違いない。近くのものすべてと遠くのものすべてに、くっきりと焦点が合っている。

川沿いの金属の欄干にもたれ、自分の体が人と違っていることについてこれまで経験してきたすべてが、自分の中に深く内部化されてきたことを感じる。そして、そのように内部化された感覚が、自分自身のものと思えるまでになっていることを、これまでにないほどはっきりと知る。日本では、もし人が私をじろじろ見ていたとすれば、それは私がガイジンだからだ。日本では人々が私の障害についての感情を表に出さず、私も通りで嘲笑的な言葉を浴びせかけられるようなことはなかった。日本に来てまだ短い時間しか経っていないが、人と違っている事についてのこれまでの経験からすると、最悪の状況を恐れ予想したことは、どうやら余計な心配だったようだ。

歩いてアパートへ帰る道すがら、イアンのことを考え、自分が行く先々で彼に土産や郵便ハガキを買っていることに思いを馳せる。だが今は、隠れ家も、故国で私を待つ性的関係ももはやない。私の生活はここにあり、私は東京の自分の住まいの近くを歩いている、パートナーのいない孤独な男でしかない。

玄関で靴を脱いだ後で、自分のアパートをしげしげと見る。キッチンのカウンター、流し台、洗面台、浴室の鏡は、アメリカの家の高すぎるカウンターや流し台と違って、私にはかえって扱いやすい。シャワーと洗面台の両方の給水口が一つしかない小さなユニットバスの浴室は、小さすぎてイアンには合わなかっただろう。

ここ東京では、空間が狭いという感じはしない。マサチューセッツで自分が持っていた物のすべてについて考えてみる。本が詰まった二十の本棚、原稿と手紙のファイル、元カレたちの絵、バリアートのコレクション、八十個のピカチューを。ここでは重荷を下ろした気がする。

時計が大きな音で時を刻む。アメリカでは、時計の刻む音がこんなに大きく聞こえれば、眠ることも、読むことも、電話で話すことさえできなかった。通りの車の音や離れた高速道路の騒音に睡眠を妨げられていた。ここ東京では、私はなぜか時計の音を無視している。もう車の音に心を乱されることもない。

日本に着く前には、東京の夜の生活はどのようなものになるだろうか、と考えた。寂しいものになるだろうと思われたので、テレビを見て夜を過ごせるよう、新しいラップトップのパソコンにＤＶＤを見る機能があるかどうか確かめた。

さあ、夜のお出かけの、東京のゲイバーの最初の探検に出かける準備をする時だ。私はシングルベッドに座る。着替えをしながら、最後にパートナーがいなかったのは、確か十八年前だったことを知る。一人でバーへ行ったのも、それと同じぐらい昔のことだった。

日本のゲイバーは、ほとんどの西欧の都市のものに比べてずっと小さい。日本人がガイジンに会いに行く、またはその逆のことが行われるゲイバーは、四角いカウンターの周りを囲むようにスツールが置かれている。四面の壁に沿って、ドリンクを置くことができる狭い棚の前にも、スツールが置かれている。壁には、ハリウッドスターの写真が飾られている——私には、ケリー・グラントとジェームズ・ディーンぐらいしかわからない。四つのコーナーには、それぞれ小さなテレビスクリーンが置かれ、イアンなら良く知っているはずの、私にはなじみのないポップスターのミュージックビデオが流れている。

火曜日の夜で、バーはすいている。スツールの席はほとんど空いている。だが中年で、赤ら顔の、四角い顎をした西欧人の男が、私の隣に座っている。その隣には、小さな丸い眼鏡をかけた、若い日本人が立っている。日本人の男は大きな、中身が一杯詰まった、マニラ紙の封筒を両手で抱えている。私は、二人の英語の会話に耳を傾ける。

「封筒の中身は何だい？」

西欧人の男は、オーストラリア訛りだ。

「給料です」

と、封筒を持った日本人の男が答える。

「会社の経理部で働いていて、給料を預金する担当をしています」

「給料を持って、二丁目のバーへ来ているのか？」

「給料を銀行へ持って行くとは限りませんよね」

「誰だって変だと思うだろう」

　オーストラリア人は私に話しかけているのだ。私が大声で笑ったのだろうか。

「結婚してるのか？」

「結婚してるかだって」

　私はこれまで、ゲイバーでそんなことは一度も聞かれなかった。

「あんたの左手の指輪だよ」

　彼は、私たちがバリにいた時にイアンがくれ、私がまだはめていた指輪を指さす。

「ここには結婚している男が大勢いる。だが普通は日本人だ」

「僕は結婚していない。指輪をくれたのは……」

　私は、言葉に詰まる。イアンを何と呼ぶべきか。

「元カレだ」

　これまで、イアンのことをそう言ったことはなかった。

「アランだ」

「オーストラリア人か」

「どうしてわかった？」
私が見え透いたことを言う前に、アランは横に立つもう一人の日本人の方に関心を移していた。

【訳註】

ドナルド・リチー（一九二四〜二〇一三）
アメリカ合衆国出身の映画批評家、映画監督。一九四六年に来日して以来、四十年近い年月の大半を日本に在住し、日本文化、とりわけ日本映画の海外紹介に貢献した。

2　おみくじ

ラフカディオ・ハーンは、金持ちの旅行者や宣教師の世界を避けた。そして、起伏の多い横浜の路地裏で人力車を乗り回すことの方を楽しんだ。だが彼は常に、古き良き日本の習わしが、近代化によって急速に失われつつある様を目の当たりにした。

「仏師の隣に、アメリカ製ミシン店。藁草履屋の横に、写真館」

目についた安物に心をひかれることもあったが、

「買いたいと思うものは太平洋を横断する最大級の蒸気船にも積み切れないに違いない。なぜなら、多分自分でも認めようとしないかもしれないが、本当に買いたいと思うものは、店にある品物ではないからだ。欲しいのは店と店主、そして反物が並び、住人がいる店が連なる通り、町全体と湾、それを取り巻く山々、そして雲一つない空に浮かぶ富士山の魔法のような白さ、実のところは、不思議な木々と明るい雰囲気、すべての都市と町と寺院、そして世界でも最も愛すべき四千万の人々がいる日本全部なのだ」

ということに、ハーンはすぐに気付いたのだ。

障害学会の仲間が、東京大学（東大）で教えている*障害学の教授の*長瀬修に連絡するようにというメールをくれる。すぐに長瀬に連絡したところ、会いたいという返事を受け取る。

いつものことだが、長瀬に会う時間より早く出たので、私は回り道をする。今朝は、東京の地下鉄でよく見る、少し幅のある、路面より少し盛り上がった、黄色いプラスチックの細い帯状の道をたどる。だがここでは、黄色い帯状の道は外の通りへ導くだけではなく、駅のずっと先まで続いている。地下鉄の中ではこの黄色い道には気付き、これにつまずいたりしていたのだが、今朝までは地下鉄の外では気付いたことがなかったし、それが何のためにあるのかも知らなかった。

私は出来合いの「黄色いレンガの道」をたどって駅を出、メインストリートを越え、緩い登坂になった脇道を上がる。そして角を曲がると、盲人図書館の前に出る。

後で、私はこの道のことを長瀬に聞いてみる。

「あの黄色い道は盲人に、駅のホームへの行き方や、ホームから落ちないようにホームの端がどこかを教えるものです」

と、彼は答える。

「でも、黄色い道が路面より少し盛り上がっているために、車いすを使う人や、私のように、段差のある地面を歩くのが苦手な人は、余計に苦労します」

と、私は答える。

「話し合うことがたくさんあります」

長瀬は私に、脳性マヒを持つ障害研究家の*花田春兆のことを教えてくれる。

彼は、花田先生の「ゑびす曼荼羅」のことを話す。この著作では、七福神の一人のエビスに脳性マヒがあったと書かれている。

「障害のある神様ですか？」

と、私は尋ねる。障害を持つ日本の神がいることは、これまで聞いたことがない。

「神道ですか？　仏教ですか？」

「両方だとも言えます。どちらでもないとも言えます」

私は、長瀬が続きを話してくれるのを待つが、彼は代わりに、

「福島先生と私たちのバリアフリープロジェクトの研究スタッフに会いたいですか？」

と聞く。

私はエビスについてもっと知りたい。だがこの質問にも答えなければならない。

「もちろん、お会いしたいです」

長瀬は、全盲で全ろうの東大教授で、東大のバリアフリープロジェクトを進める*福島智についての論文と、本人が書いた論文を渡してくれる。そして、携帯でプロジェクトの事務員を呼び、話し合いの手配をしてくれる。

エビス、障害のある神か？　もっと知りたいと思って、私は長瀬にメールを送る。回答の中で、長瀬はウエブサイトのアドレスを教えてくれる。そのページをダウンロードしようとするが、出てくるのはエラーメッセージばかりだ。

それでも私はオンラインで、有名なエビスビールだけでなく、七福神の中にエビスがいることを学ぶ。だが、エビスに脳性マヒがあることについては何もわからない。エビスがどの宗教に属する神なのかさえ見当がつかない。

アジア文化圏では、障害が仏教徒の視点から語られることが多い。障害は前世で何か悪いことをした報いだというように。

日本人の障害の見方について、仏教は私に何を教えてくれるのだろうか。私は東京の反対側、東京でも一番古い仏教寺院である浅草寺に行き、エビスについての調査を続ける。浅草寺は、東京の「旧市街」である下町にある隅田川の、すぐ西にある。東京のこの部分は、大部分の由緒ある寺院も含めて、ほとんどが戦争中に焼失してしまった。

朱色の門と、白い顔の雷神と赤い顔の風神の堂々とした像を過ぎると、すぐに、提灯で飾られ、寺へ向かって商店が連なる、二百五十メートルも続く仲見世通りのお祭り気分の中に飲み込まれる。道には、お土産や菓子を売る小さな店が数えきれないほど並んでいる。すべてが「キッチュ」と紙一重の色彩と過剰の世界で、それを言い表すべき日本語が見つからない。

高くそびえた二階建てのもう一つの門を通り抜けると、この門には、巨大な仏陀の二足のわらじのレプリカが掛かっている。

木が金属に当たる音が聞こえるが、どこから聞こえてくるのかはわからない。

だが、大きな釜から煙が立ち上っている。大釜の周りで参詣者が煙を自分の顔に向けてあおいでいる。私は、大釜の縁に目をやる。内側には、無数の線香が、灰のように見える砂の中に立てられている。煙は、朱色と金色に塗られた本堂への、急な、長い階段を覆い隠している。

外側の仲見世通りに感じられる熱気と、大きな洞窟のような本堂の内側の騒々しい賑わいとが、よく調和している。仏陀の生涯を描いた壁画は、その色についても、数多く描かれた仏教の神々についても無秩序のように見える。だが、私の見る限り、そこにエビスが存在するかどうかはわからない。浅草寺の本尊は、非常に神聖であるために、拝観が許可されていない小さな観音像で、これは秘仏とされている。見ることができないことに苛立ち覚えると同時に、好奇心をそそられる。

主祭壇の前で、ガイドブックで読んだことを思い出す。私は二回お辞儀をし、目を閉じ、二回柏手を打ち、さらにもう一度お辞儀をする。本堂の内側で、日本で最初の祈りを捧げる——イアンが来てくれますように。

本堂の階段の最上部で、煙を立てている大釜と仲見世通りを見渡す。前に見たことがある光景だ。だが、有名な広重の名所江戸百景の版画の中でのこの風景には、大きな紅い祭り提灯が描かれていた。浅草はかつて、芸者や歌舞伎役者が江戸後期の勃興する中流階級を楽しませた、東京の歓楽街・吉原だったことを思い出す。私は、かつて「浮世」の中心だった所に立っているのだ。

階段を下り、ようやく木が金属に当たる音の出どころを見つける。参道に沿って浅草寺の有名なおみくじがある。おみくじは銀の入れ物の中の竹の棒だ。百円を渡すと、入れ物を渡される。私はそれを揺する。四角い箱の一方の端の小さな穴から、小さな木の棒が一本出てくる。棒の端には漢字が書かれている。漢字の組合せのそれぞれが、参道に沿ってずらりと並べられた引き出しの一つに対応している。それぞれの引き出しの中に、おみくじが入っている。

棒に書かれた漢字は、長く使われてすり減っている。私の棒の漢字と一致する引き出しを見つけるのに苦労する。

ようやく対応する引き出しを見つけることができる。そこを開け、小さな白い紙を取り出すと、片側には日本語で、もう一方には英語で、四十八番小吉と書かれている。

谷の向こうに他人の財宝を見るがごとし。心を痛め、頭を悩ますことをやめよう。ひとたび機会が訪れれば、素晴らしい幸運に会うことができる。空に飛び立つ幸運の大鳥のように、あまたの幸運に会うことができ、現世で成功し、世界に名を馳せる。

・心正しければ、願い事、後に叶う　・患者、病長引けども必ず回復す　・失せ物現る

・待ち人後に来る　・新築、引っ越し、初めにごたごたあれど、後に良くなる　・結婚、雇い人、旅の開始いずれも半吉

良いとも悪いともわからないこのおみくじには、正直がっかりさせられる。実際には何の指示も与えてくれない。

指示だって？　日本に着く前だったら、自分にはちんぷんかんぷんの宗教の寺院で、金属の箱から引き出した紙のおみくじになど、何の興味もなかったろう。だが私は今、長引くかもしれない病気を心配している。そして、

「心を痛め、頭を悩ますことをやめよう」

という、おみくじの言葉に傷ついている。私を悩ませているのは、イアンだろうか？　日本への航空券の予約をしたかどうか尋ねるメールに、彼はまだ返事をくれない。それとも、エビスの研究成果が得られないことだろうか？――私の心を悩ませているところを見ると、エビスは、どうやら仏教の神ではなさそうだ。

心正しければ、願い事、後に叶う。

私の願いは、さっきの祈りと同じことなのだろうか。

もっと重要なことがある。正しい心とは何か、ということだ。

日本では、私の疑問にはなかなか答えが得られないようだが、私はとても多くを尋ねることをやめられそうもない。尋ねることをやめなければ、少なくとも、後々まで答えを出さないままでいることができる。こうすることで、私には、ドナルド・リチーが書いたように、「真に観察すること。観察、評価、そしてこれらによる理解」が可能になる。

私は、たくさんのひねられた紙片が、針金に結ばれていることに気付く。自分の紙のおみくじを持ち帰るべきなのだろうか。それとも、無数の他のおみくじと一緒にここに置いていくべきなのだろうか。


日本で私たちを支援してくれている財団の年に一度のパーティに、ブレンダが付き添ってくれる。

パーティでは、スタッフが私を、次から次に客に紹介する。紹介されると、めいめいが私に名刺を渡し、私もそれぞれの人に自分の名刺を渡す。会話が終わって話していた相手が移動して去っていくまで、相手の名刺はポケットにしまい込んではいけないというルールのことを思い出す。夜が終わるまでには、私のシャツのポケットは、名刺の厚い束で一杯になる。

満面の笑みを浮かべた、背の低い、小太りの、頭の禿げた日本人の男性の存在に私が気付くのは、夜も更けた頃で、トイレに行く途中だ。男性は、五十代後半か六十代前半ぐらいに見え、漫画のペンギンが描かれたネクタイをしている。

「素晴らしいネクタイですね」

と、私はすれ違いざまに男性に言う。

「いつも会話のいいきっかけになってくれます」

と、私に向かって満面の笑みを浮かべながら男性は言う。

「たくさんの言語が話される国際会議にはこれを締めていって、そうするといつもうまくいくんです」

男性は腹の底から笑う。そして、

「*村松増美です」

と、手を差し出しながら言う。私に名刺をくれるが、そこにもネクタイにあるのと似たようなペンギンの絵が描かれている。

「でも、MMと呼んでもらっていいです」

私は、ＭＭに自分の名刺を渡し、もらった名刺を読むと、日本英語交流連盟の創設者で会長と書いてある。

日本語のカタカナは表音文字なので、ＭＭは、私の名刺にある名前を正確な発音で読む。

「では、あなたは財団の支援を受けている芸術家の一人ですね。日本でのお仕事は？」

「日本の障害（disability）について研究している作家です」

「障害ですか。これは政治的に正しい言葉でしょうか。今使われている言葉ですか？」

「私が好んで使う言葉です。完全な言葉はありません」

「ええ。言葉とはえてしてそうしたものです」

「体が不自由な（physically challenged）とか、不運にも異なった能力を持った（differently abled）とか言う人もいます」

自分が言ったことが誤解されるかもしれないことに気づいて、私は話を止めた。

「つまり、いわゆる異なった能力を持ったではなくて、不運という言葉を選ぶ人がいるということです」

ＭＭは、暖かい笑い声を上げた。

「ずっと昔には、住み込みの家政婦は、女中と呼ばれていたものです。ですが時がたつにつれ、この言葉は軽蔑的な——軽蔑的なという言葉でいいでしょうか——意味を持つようになり、今では使われません。時と共に言葉の意味がどのように変わっていく可能性があるかは興味深い。あなたの仕事はこうしたことですか？」

「そんなところです。そんなことを考えています」

「あなたともっと、あれこれ話したいですね」

「あなたの名刺を持っていますから、お電話します」

「お願いします。そして今度会う時には、別の面白いネクタイを締めてきましょう」

私は軽くお辞儀をしてから、トイレに向かう。

スタッフのナオコが、私の前に立つ。

「あなたと話をしていた人がどういう人か知っていますか？」

と、彼女が聞く。

「ＭＭと呼んでくれと言っています」

「村松先生は有名な方です。日本で最初の同時通訳者で、重要人物の通訳は全部先生がやっています。大統領、首相などです。ニール・アームストロングが、月に着陸した時の有名な第一声を日本のテレビで語ったのも、あの方なんです」

それから、ＭＭと私は定期的に会って、一緒にそばを食べるようになる。

一緒にどこへ行くにしても、どういう訳か最後にはそばを食べることになる。神田では、古本を買った後で、ＭＭが有名な老舗のそば屋へ連れて行ってくれる。歌舞伎を見た後では、私がＭＭを銀座近くのガード下のそば屋に案内する。

また、一緒にそばを食べて喜び合っている時、

「なんでこんな所を知っているんだい」

と、きまって一方が相手に聞く。

私にはそれまで、ＭＭのような友人はいなかった。異なった言葉、異なった文化、そして異なったユーモアのセンス——彼は国際的なユーモアの目利きだ——に対するＭＭの愛着は魅力的だ。これまでの四十年間に、彼は世界中を旅し、世界の指導者のほとんどと会ってきて、引退した時にも、依然として日本で最高の同時通訳者だった。七十一歳と、私の父親より一歳年上のこの男性は、私より精力的だ。インターネットを生きがいにしていて、旅行中も常にラップトップを使って、調べ物をしたりメールを送ったりしている。

二人一緒の時間に、私はＭＭの人生の物語を聞くようになる。戦後ティーンエージャーの頃単身で浅草界隈に住み（家族は東京の空襲を逃れて田舎に疎開していた）、彼は金属を集めておもちゃを作る職人の所へ持って行くようになった。間もなく、自分でおもちゃを売るようになっていた。次には、アメリカの占領軍のためにタイプを打つ秘書の仕事を見つけ、最初は、この仕事を通して英語を学んだ。そして、早稲田大学の夜学で学んだ。一九五六年に、日本貿易協

議会で働くために妻とともにアメリカへ移住し、最終的にはその部長になった。

「私が住んでいた時には、ワシントンＤＣは比較的小さな町でした」

と、彼は言う。

「私は浴衣を着て、ポンティアックを運転する人物として、町中で有名でした」

一九六五年に帰国し、ＭＭはサイマル・インターナショナルの創設を手伝い、会社は日本で一番よく知られる通訳養成校になった。

私はＭＭから、自分が関わる英語交流連盟で話をしてくれと頼まれる。話の後で、彼は私を大勢の元生徒に紹介するが、例外なくＭＭより若い女性で、彼が卒業後も元の生徒と連絡を絶やさずにいることがわかる。

英語交流連盟での話を終えてから、例によってそばを食べていて、

「エビスについて、何か知っていますか？」

と、ＭＭに尋ねる。

「ビールのことですか？」

「七福神です。あの神たちは神道ですか？　それとも仏教ですか？」

「伝説では、中国から来たことになっていると思います。ラフカディオ・ハーンのことは聞いたことがありますか？」

「自分が日本に来ることがわかってからは、ずっとハーンについて読んできました」

「去年、ハーンが住んだことのある松江に行きました。彼の旧宅には博物館である記念館がありました。その家の外にいる時、素晴らしい男性と話すことができました。後でわかったのですが、彼はハーンのひ孫でした。その人が、今は記念館を運営しています」

　ＭＭは、賑やかな笑い声を上げる。

「古き日本を彷彿とさせる小さな地域が今でも残る、美しい所です。今度、あなたを連れて行きます。『怪談』ではハーンは耳のない盲目の琵琶法師の〈芳一〉の物語を語っています。それは怪談です。私は怪談が大好きです。是非今月歌舞伎座に、怪談を見に行きましょう」

「化け物」

　私は、幽霊や怪物を意味する日本語を口にする。

「そう、ば・け・も・の」

と、私が正確な日本語の発音をできるようにしたいとでもいうように、ＭＭは、それぞれの音節をはっきりと区切って発音し、独特なやり方で繰り返す。

「化け物は、文字通りには変化するものという意味です」

神道は、仏教が伝来する前から存在した。

皇室の宗教である神道とは「神の道」で、その名がついたのは六世紀になってからのことである。当時新たに中国から伝来した仏教と区別するために、名前が付けられたのだ。神道では、神はどこにでもいる。自然と物体の中に存在するのだ。神道流の物事のやり方がある。二千年以上にわたって、それは日本人であることの重要な一部になってきた。

神道を研究していて、私は、すべてを包含する清浄の儀式である禊《みそぎ》という日本語を見つける。清浄さは、神道にとって重要なもののようだ。これがどのように日本人の障害の見方に関係してくるのだろうか。

実際にはすべての日本人が神道の信者であり、彼らは、自分たちが両親と神の両方の子だと考えている。自分の命があるのは社会と自然のおかげなのだ。信者には、愛と保護のお返しとして、両者に忠誠をつくし、これを敬う義務がある。神道の信仰では、日本人が死ぬと神になり、そのために祖先の神だけでなく死者自身も神になり、それは多くの世代にわたって、失われることなく引き継がれる関係である。

エビスは、神道の神なのだろうか？　それを明らかにするために、私は東京で最も敬われている神社である明治神宮を訪れることにする。その日は日曜日で、ティーンエージャーの少女が念入りに、時には漫画っぽい衣装にドレスアップして、近くの原宿へ行く日だ。

原宿駅に着くと、私は群衆の後について駅の外に出る。明治神宮に続く橋へ向かう角を曲がると、橋の上の数百人はいようかと見える少女、さらには見物の群衆によって行く手を遮られてしまう。

ティーンエージャーが身に着ける衣装のスタイルは、スタイルと言えるものだとすればだが、これまで見たこともなかったものばかりだ。一番多い色は黒と白で、これを強調するためにところどころに明るい赤があしらわれている。ショートスカートにウールのハイストッキング。重い生地のロングドレス（五月の終わりの暑くて湿っぽい日曜日だというのに）に厚底の膝近くまである黒いブーツ。赤紫や紫に、そしてこれ以上はないほど黒く染められた髪。歌舞伎の白塗りをした顔に、唇はべっとりと深い赤紫色に塗り、目尻と開いた口の内側は、ピンクがかった赤で強調されている。ブラジャーやスリップといった、あらゆる種類の下着が上着として用いられている。一九八〇年代のイーストビレッジのパンクや、一九九〇年代のシアトル・グランジまではいっていない。ビクトリア朝時代のイギリスとジャズエイジのシカゴの両方でもあり、どちらでもない。混成物だろうか。融合物だろうか。「モッドによるトラッド」だろうか。片足以上を未来に踏み込んだノスタルジアだろうか。多すぎるかもしれないほど多くの過去のスタイルが、それが可能だという以外の何の理由もなしに、ただ寄せ集められている。

私は、当惑させられると同時に恐ろしくなる——調和の文化の中のこの不調和の激発に、まずは美学的に当惑させられる。だがしばらく眺めた後では、その不調和が一定のパターンに従っていて、結局は一種の調和に戻っているように見えてきて、そのことにがく然とさせられる。

橋を渡る。すると、すべてが一変する。コンクリートの橋の周りの都市的な景観が、濃い緑の森に変わる。掲示には、神社への広い参道に並ぶ、日本中から寄付された三百六十五種類の木々の説明が書かれている。

高さ十二メートル、幅が九メートルを超える杉の鳥居をくぐる。聖地に入ったのだ。ドナルド・リチーは、

これで日本に入ったことになる。神社に入る時には、鳥居の入り口を抜けて神社に入ることで、そのことがはっきりわかる。まず外側が、次には内側がある。そしてひとたび内側に入ると——新たな覚醒、ものの見方、ものの考え方を伴った経験が始まる。

これが、新しい物の考え方の始まりなのだろうか?

私は自分の感覚に導かれる。鳥居に近寄り、樹齢千七百年の杉の香りを吸い込む。そして顔を滑らかな木の門に押し付ける。それほどまでの木の滑らかさを感じたことはない。

神社の入り口の横には、水が流れ込んでいる手水舎があり、そこで英語の指示に従い、長

い竹のひしゃくを使って片手に、次にもう一方の手に水をかける。指示通りに、ひしゃくが唇に触れないように気を付けながら、水を一口すする。浄めのためだ。

神社の境内では、壁が低いために奥の本殿を見ることができる。すべて日本の杉と銅葺の屋根で、極めて優美な薄緑に錆びている。境内の奥へ行き、本殿への階段を上がると、入り口の近くにも稲妻型の白い紙が掛かっているのが見える。かすかにリズミカルな太鼓の音が聞こえるが、音の出どころはわからない。

祭壇の正面で何枚かの十円硬貨を投げると、それが木の細長い桟の付いた賽銭箱の底へ音を立てて落ちるのが聞こえる。日本での短い滞在期間の中で、これで、神道と仏教の両方の何らかの神に、イアンが訪ねて来てくれることを祈ったことになる。

だが私が祈っているのは、誰に、でなければ何に対してなのだろう。この神社には、神やエビスやその他の神格を示す物は何もない。

私が明治神宮に来たのには実際的な理由があった。エビスが神道に属するかどうかを知るためだ。だが学んだのは具体的なことでも、エビスに関係することでもない。目に見えない物が、目に見えるもの以上ではないにしても、目に見えるものと同じように重要だということだ。

私が学んだことは清浄さとも関係がない。入口に戻って、私はもう一度境内を見渡す。考え付く言葉はただ一つだけだ。静穏だ。

私は深く息をして、日本に来てから、初めてゆったりした気分になる。

【訳注】

障害学

障害・障害者を社会、文化の視点から考え直し、従来の「障害者すなわち医療、リハビリテーション、社会福祉、特殊教育の対象」といった「枠」から障害、障害者を解放する試み。

長瀬　修

障害学研究者。立命館大学教授。青年海外協力隊員（ケニア、日本語教師）、八代英太参議院議員秘書、国連事務局員、東京大学先端科学技術研究センター特任助教授等を経て、二〇一二年より立命館大学所属。

花田　春兆（一九二五～二〇一七）

俳人、作家、歴史家、障害者運動家。脳性マヒにより障害があり、車いすでの生活を送る。日本の障害者史をまとめ上げることをライフワークの一つとしてきた。作品は『日本の障害者―その文化史的側面』など多数。

福島　智

バリアフリー研究者。東京大学教授。専門は、バリアフリー教育、障害学、障害者福祉、アクセシビリティ。社会福祉法人全国盲ろう者協会理事。世界盲ろう者連盟アジア地域代表。

世界で初めて常勤の大学教員となった盲ろう者。

村松　増美（一九三〇〜二〇一三）

日英会議通訳者（同時通訳者）。在日米軍のタイピストから通訳者に。一九五六年日本生産性本部駐米通訳として渡米、一九六〇年日米貿易協議会（ワシントン）調査部長。一九五六年に日本初の会議通訳者集団である株式会社サイマル・インターナショナル創設に参加。同社社長、会長、顧問を経て、二〇〇〇年退任。

3　バリアフリー

コンピュータで制御された女性の声が、電車の駅名を繰り返す。そして、短い三つの音符の音楽が聞こえる。

一人で東京の地下鉄に乗っている時、聞こえてくる音を、まるで語学の学習テープのようにして、一人で繰り返す。日本語の発音を電車のアナウンスを聞いて学ぶ。だがその言葉の意味は、さっぱりわからない。

笑っている女性の顔、リン光を発するようにかわいらしいマスコットのような生き物、穏やかな川の優美な風景、雲一つない青空、雪に覆われた山々など、つり革の横にぶら下がっている巻物のような広告も、何を宣伝しようとしているのかわからない。

耳にしたり目にしたりしたものの意味を理解しようとする時、私は知識にではなく感覚に頼らざるを得ない。

後で、「間もなく次は」の意味や、青緑色の亀のような漫画のキャラクターの描かれている広告が何を売ろうとしているのかを、日本語のわかる人に尋ねてみた後でも、私の中では相変わらず自分が想像した意味が頭から離れない。何らかの方法で想像したことの方が、自分にとっては現実なのだ。

東大のバリアフリープロジェクトでの会合の数日前に、プロジェクト長の福島先生のことをできる限り調べる。先生はまず九歳の時に視力を失った。

「自分には音が残されていたので、失明してもショックはそれほど大きくはありませんでした。ですが、全盲の状態から全盲ろうの状態に移った時には、ひどいショックを受けました」

福島先生はもう、「星の輝く空や日没の海などの美しい光景を愛おしむこと」ができなかった。

「朝に開かれた窓から流れてくる鳥の歌声に目を覚ますことも、オーディオシステムから流れるバッハやモーツアルトの美しいメロディを楽しむこと」

も、もうできなかった。だが、福島先生にとって一番つらかったのは、

「視覚や聴覚を失ったこと自体ではなく、他の人たちとの意思疎通が失われたこと」

だった。

*

指点字を習得するまで、友人もこの技術を習得するまで、そして通訳サービスを受けるまで、福島先生は絶望状態にあった。だが、ひとたびこれら三つのすべてが整うと、福島先生は、もう一度意思疎通の世界に戻ることができた。一九八三年には、こうしたものに助けられて、

日本の大学で学ぶ最初の盲ろう者になることができた。先生は、盲ろうの子供たちのための教育学を学び、この学習を大学院でも続け、その後大学教授になり、最終的に現在の仕事に就いている。

東大の会議室で、私は福島先生と向かい合わせに座る。先生の横には、二人の通訳者が並ぶ。福島先生の左側の通訳者が、先生の片手を軽く取っているのに気付く。一人の通訳者が私の英語を日本語に訳し、もう一人が福島先生のために日本語を指点字に訳すのだと、長瀬が教えてくれる。

「耳の聞こえる出席者は、全員が英語を話し、理解します」

私はわかったという印に軽くうなずく。

最初に話したのは福島先生で、日本語で話し出す。私は通訳者が訳すのを待つ。

「駒場の東京大学の私たちのオフィスへよくおいでくださいました。今日はあなたをお迎えできて光栄です。また、あなたの研究のことをお聞きするのを楽しみにしています。長瀬からあなたのアメリカでのお仕事について聞いていて、彼にはこの大事な会合の手配をしてくれたことに感謝しています。あなたから同僚の方たちに、ここ日本での私たちの取り組みについて知らせてもらえたらと思っています。日本の障害学研究についての私の論文をいくつかお持ちください。あちこちの会議で発表したもので、発表した会議の名がそれぞれの論文の一番上に書いてあります」

スタッフの一人が、書類の束を手渡してくれる。

「アリガトウゴザイマシタ」

と、私は福島先生にお礼を言う。

「いくらか日本語がわかるのですね」

「スコシ」

プロジェクトの歴史についての福島先生の話が終わると、私の著作について話すようにと、先生から言われる。

「一九八八年に初めて障害についての詩を書きました」

これまで外国で自分の作品について話したことはなかった。二人の通訳者が最初に日本語に、次に指点字に訳すのを待ち、それから先に行くというように、ゆっくり話さなければならないことに気付く。

「その詩を出版してくれる出版社を見つけた時、編集者から私の物語を回想録として書く気はないかと聞かれました。お金のためなら何でもすると答えました」

この言葉が訳されると、福島先生がニッコリと笑う。

「次には、ダーウィンとウォレスと進化についての本を書き始め、障害に対応するための私の靴が、変異と適応についての適切な比ゆになることに気付きました」

「ウォレスはどういう人ですか？」

と、私の右側の助教が聞く。

私は、アルフレッド・ラッセル・ウォレスについて話す。ダーウィンと共に自然淘汰を発見したにもかかわらず、その業績が忘れられがちな人物で、インドネシアの香料諸島（モルッカ諸島）にいた時に、自然淘汰という自分の進化論についてダーウィンに手紙を書いたことを。

「私は進化の物語を障害の社会モデルの一例として考え、『正常』などというものはないのではないか、我々各人がさまざまに環境に適応しているのではないかと考えるようになりました」

私は部屋の中の、夢中になって話を聞いている人たちを見回した。

「ですが、盲者である私にはできないことがたくさんあります」

と、私の右側の助教が口を開く。

日本の正式な会議では、合意と同意がとても重要なことは承知している。公式な場では意見の不一致は避けなければならない。だが私は、この助教の限界の感覚がどこからくるものなのか知りたいと思う。彼が実際に経験したことからなのか、それとも社会が教えることが彼の中に内部化されたものからなのか。

この場面で、日本での最初の正式な会合で、私は選択を迫られる。今の発言について別の考え方があることを指摘するか、その言葉は聞き流して先に進むかを。

「今の話は本当でしょうか？」

言葉の選択を間違えないように慎重に、個人に対する直接的な質問にならないよう注意しながら、そう言っている自分がいる。

そして、福島先生が私の言葉を直接聞きはしないことに気付く。私の言葉は、まず英語から日本語へ、次に日本語から指点字へと、一度ではなく二度、通訳者によって変換されて、ニュアンスも文脈も意味合いも変わってくる。

「誰にも限界はあります」

と、私は続ける。

「いくつかの限界について社会が、他のものより重大だとか、限界がもっと大きいとか、他の限界に対してとは違う見方をするというだけのことです。障害者の限界が健常者より大きいという考えは、それがどの程度真実かということに目を向けずに、私たちが無批判に内部化したものではないでしょうか？」

私は言葉を切り、慎重に選ばれた私の言葉が、できるだけ正確に通訳されるよう努める。指点字の通訳者が福島先生の手に伝え終えると、誰もが沈黙する。

ようやく通訳が終わる。福島先生はうなずく。

「フリースさまの言われることは正しいだけでなく、有益な物事の見方だと思います」

この状況で自分が最善の選択をしたことがわかり、私は大きく息を吐く。それに福島先生は、私のことをさま（sama）という敬称を付けて呼んでくれた。

長瀬のように障害者でない者もいる研究スタッフが、障害の研究とこのプロジェクトにどのようにかかわるようになったのか、私は尋ねてみる。長瀬以外は、全員が以前に福島先生の介助者をしていた。これには驚かされる。

「興味深いことですね。アメリカでは普通、障害者と介助者の間には、教育と、ほとんどの場合には階級や人種について、大きな違いがあります。日本が同質性の高い社会なので、ここではアメリカとは状況が違うのだと思われますか。それともここ日本では、障害について教えることと同じように、障害者を助けることが西欧より大事にされているのでしょうか？」

「考えさせられる、とても良い質問です」

と、福島先生は言う。

「今日はおいでいただき、このようなとても大事な議論をさせていただいて、大変ありがとうございました。日本滞在中に、私たちにできることがあればお知らせいただきたいし、あなたの新しい本が出版されたら、読ませていただきたいと思います」

私は時計を見る。午後一時だ。私の疑問については、答えはおろか議論もなかったが、会合が終わる時刻なのだ。

日本にいれば、質問に直接答えてもらえなかったり、まったく答えてもらえなかったりすることは、これからもあるだろう。日本では、質問しても答えてもらえないことが続くのだろうか。

ある晩、MMとそばを食べた後で、彼が私に小さな緑色の本をくれる。ラフカディオ・ハーンの*『怪談：不思議なことの物語と研究』だ。

「ドモアリガトウゴザイマス」

と、私は軽く会釈しながらお礼を言う。

なぜMMは『怪談』をくれたのだろうか。ハーンが書いた、盲目の琵琶法師、芳一の物語について、彼が話してくれたことを思い出す。

昔の日本では、病気や農業中の事故や栄養不良などが原因で視力を失うことがよくあり、珍しいことではなかった。八世紀には、盲目の語り手が全国を放浪し、施しを受ける代わりに物語を吟じた。琵琶と呼ばれるフレット（柱）の付いた四弦のリュート（撥弦楽器）を携え、琵琶法師はニュースやはやり歌、地方の言い伝えなどを広めた。

芳一は、平家と源氏の最後の決戦があった下関海峡に近い寺に住んでいた。ある晩、住職が外へ呼ばれ、寺に一人残った芳一は、誰かが自分を呼ぶ声を聞いた。

「私は目くらです――どなたが呼ばれているのかわかりません」

恐れることはないと、声の主は言った。主君が、芳一の朗誦の業のことを耳にした。一緒に来て主君のために吟じてくれと、その声は言った。

庭と思われる場所で演じた後で、明日から六晩、芳一に自分の前で演じてほしいと主君は言っていると、女性の声が言った。そして、このことは誰にも言わないようにと、警告された。

だが二日目の晩、芳一は寺に帰るところを住職に見つかってしまう。どこへ行っていたのかと住職から聞かれる。

「私用で出なくてはなりません。他の時間ではだめなのです」

と、芳一は答える。

住職はそれ以上聞かなかったが、盲目の弟子が「悪霊にとりつかれ」たのではないかと心配する。

そこで三日目の晩に、寺男たちに芳一の後をつけさせる。だが、暗く、雨の降る夜だったので、芳一のことを見失なってしまう。だがやっとのことで、墓地から聞こえる琵琶の音に気付く。

寺僕たちは芳一が雨の中にただ一人座り、墓碑の前で壇ノ浦のくだりを大きな声で吟じているのを見つける。芳一を取り囲んでいるのは、

「ろうそくのように燃える……死者の鬼火」

である。

寺男たちは芳一を笑い、彼を捕まえて寺に連れ戻す。自分が心配をかけていたこと、住職を怒らせたことを知った芳一は、何があったかを話す。住職は答えた。

「芳一よ、可哀そうに、お前はとても危ういことになっている……まさにお前の素晴らしい琵琶の業のために、厄介ごとに巻き込まれてしまったようだ。これでわかったであろうが……おまえは墓地で、平家の墓の間で幾晩も過ごしていたのだ……お前が心に描いたことはすべて幻だ――死者の呼ぶ声以外は。一度死者に従ったことで、お前はやつらの力に捉えられてしまった。再びやつらに従えば、こうなってしまった以上、やつらはお前のことを八つ裂きにするだろう」

住職は、自分がお前の体にお経を書いて守ってやると言う。芳一の体に筆でお経が書かれる。縁側で座って待つようにと、住職は芳一に言う。呼ばれた時には、答えても動いてもならない。瞑想しているように、じっと座っていなければならないと。

琵琶を横において、芳一は廊下に何時間もじっと座っている。

するとﾞ、足音が近づいてくるのが聞こえる。目の前の声が芳一の名を呼ぶ。芳一は答えない。

声はだんだん不機嫌になり、近づいてくる。

「琵琶はここにある。だが琵琶法師はいない。見えるのは両耳だけだ……やつのもので残っているのは両耳だけだ。では、この耳を主君のために持って行くことにしよう――尊き方の命令に背かなかったことの証として」

芳一は、両耳にひどい痛みを感じるが、叫び声は上げない。足音は遠ざかり、やがて聞こえなくなる。芳一は、頭の両側に温かいものが滴るのを感じるが、手を動かそうとはしない。

住職が戻ってくる。住職は足を滑らせ、恐ろしさのあまり大声を上げる。提灯の明かりで、芳一が瞑想して座り、血が傷口から流れ、床へ滴り落ちているのを見たからだ。

住職の声を聴いて、芳一は泣き声を上げ、何があったかを住職に告げる。

「可愛そうに、可哀そうな芳一よ」

と、住職は叫ぶ。

「わしが悪かった……お前の体にはどこにもお経が書かれていた――両耳以外はな。弟子を信頼して、そこにもきちんとお経が書かれると思っていたが、確認しなかったのは……手落ちだった……あとは傷ができるだけ早く治るようにするだけだ……もう危険は去った。もう二度とああした者の訪れに煩わせられることはなかろう」

芳一は、すぐに元気になる。芳一の物語はやがて国中に広がる。貴族たちが芳一の朗誦を聞くために、わざわざ遠方からやってくる。彼は多くの贈り物を受け、金持ちになる。その後、彼は「耳なし芳一」と言われるようになる。

耳なし芳一は、私が日本で最初に出会った障害を持った文化上の象徴的な人物だ。目に見える世界と目に見えない世界の間で交渉する手段を持つ『オイディプス王』のテイレシアスのような、西欧でよく知られた盲目の預言者という人物が、日本の文化にも深く根付いていることに驚かされる。

次にMMに会った時に、私は「耳なし芳一」を読んだことを話す。

「ハーンが、片目しか見えなかったことを知っていましたか？」

と、彼は尋ねる。

「どのように片目を失明したのですか？」

「子供の時の運動場でのけんかのせいです。日本では誰もハーンの顔が歪んでいたとは——この言葉でいいのでしょうか？——言いません」

ハーンが「奇妙なもの」に惹かれたのは、片目しか見えなかったためだろうか。

一八九〇年八月に、ハーンはハーパーズ社との契約を破棄して、本州の北西の僻地、日本海沿いの古くからの城下町、松江に移り住み、男子高校で教鞭をとった。

松江で、ハーンは近代化の影響を受けない古い日本の「名残」を見出した。ハーンは昼間は学校で教え、夜は松江のお祭りや民話を収集するようになった。そして日本語の歌や民話を元の言葉に忠実に英訳してくれる日本人を雇った。彼は日本の根源を明らかにしてくれる心を探求した。これは英語にするのが難しい日本語だが、「精神的なもの」と考えるのが一番よさそうだ。

だが、私の頭を離れないのは芳一の弱さだ。芳一には、生者と死者の間を区別するものがほとんどなかったのだろう。

【訳注】

指点字

盲ろう者の指を点字タイプライターの六つのキーに見立てて、左右の人差し指から薬指までの六指に直接打つ方法。

怪談：不思議なことの物語と研究

日本を終世愛してやまなかったハーン（一八五〇～一九〇四）が我が国古来の文献や民間伝承に取材して創作した短篇集。有名な「耳なし芳一のはなし」など、奇怪な話の中に寂しい美しさを湛えた作品は単なる怪奇小説の域をこえて、人間性に対する深い洞察に満ちている。

4 異文化の中での関係

江戸東京博物館で私は、江戸と京都を結ぶ東海道の起点で、日本人がここから距離を測ったという、有名な日本橋を渡る。だが私が渡るのは、本物の木の橋ではなくレプリカだ。橋からは、東京の歴史を展示する博物館のすべての展示物を眼下に眺めることができる。少し年上と見える西欧の男性に、昔の日本についての展示の案内をする、三十ちょっと過ぎの日本人の姿が目に留まる。二人は、ずっと昔に破壊された江戸城の複製の前で立ち止まる。ガイジンは、日本人の腰に手のひらを軽く当てる。ガイジンが連れの方に体を傾けてその耳元で何か囁くと、二人は他の展示物の方へ移動する。

この二人の後について博物館を歩いていて、私の関心を、イアンと同じぐらい共有してくれる日本人の男性を見付けられるだろうかと考える。まだよくわからないこの文化を親しく案内してくれる誰かがいたら、どれほど素晴らしいことだろう。

ブレンダは、母親のルーツである沖縄について学び、書くために日本に来た。着いた時には女性の恋人と一緒だった。だが、一月後には、二人の恋愛関係は終わっていた。ブレンダは沖縄へ行ったが、沖縄の親戚に邪魔されて自分のやりたいような調査ができなかったようだ。東京へ戻り、ブレンダは音楽を聴くこじんまりした「ライブハウス」に立ち寄った。そこでは彼女はただ一人のガイジンだった。彼女は日本語を練習したくて、バーで座っていた。だが誰もが、英語で話しかけてきた。

ブレンダは、演奏の準備をしているバンドに気付いた。中でも、やせた、長髪の日本人の男が目に留まった。

「一目見て、あの人が夫になることがわかったの」

と、ブレンダは私に言う。

「君の夫に？　君は日本に女性と一緒に来たんじゃないの？」

「確かに。でもそれが、あの人を初めて見た時に考えたことなの」

と、ブレンダは自分の気持ちを説明してくれる。

「バーに座ってバンドの最初のステージを聞きながら、日本語の自己紹介の練習をしたの。あの人は、英語をあまり話すタイプには見えなかったから」

ステージの間に、ブレンダはやせた黒い長髪のバンドメンバーに自己紹介した。

「その人に、君の夫になる人だと言ったのかい」

「あなたの演奏が好きだと言ったの。あの人はその晩の演奏が終わったら、私と話をしたいと言ったわ」

ブレンダが、英語を話せない日本人と意思疎通できることに私は感心する。自分にできるとは、とても思えない。

バンドの演奏が終わって、メンバーが機材を片付けている間、ブレンダはバーで待っていた。タカが——それがブレンダの将来の夫の名前だ——ようやくやって来た。

真夜中過ぎに、タカはブレンダを彼女のアパートまで送って行った。私とブレンダのアパートに入る小さな門の所で、タカはおやすみと言った。

「あの人はキスもしなかったの。名刺は交換したけど、あの人にはもう二度と会うことはないと思ったわ」

タカがその晩ブレンダのアパートに一緒に入らなかったのは、ブレンダが求めなかったからだった。これをようやく知ったのは、後になってからのことだった。二人が定期的に会うようになってから、タカが彼女に言ったのかもしれない。

タカが友人の誰にも彼女を紹介しないとか、電話ではいつも彼女に会いに来る途中だと言うくせに、いつも現れるのは何時間も後だとか、ブレンダは、私にタカのことをあれこれ話し続ける。

「夜はたいていあの人を待って過ごすの。いつも姿を見せるわ。でもいつになるかはわからないの」

「ここを出て何か食べよう」

とアランは言い、私をゲイバーのストールから立たせ、先に立ってバーを抜けて、狭い二丁目の通りに連れ出す。そして私を、チェーン店のレストランに連れて行く。

「ここには、ワッフルを食べに来るんだ」

と、アランは言う。そして、メニューのワッフルの味付けの説明を訳してくれる。私たちは注文する。

アランと向かい合わせに座っていて、私はアランが元気そうでないのに気付く。私の記憶では赤らんでいた顔が今は青い。よく眠れていないようだ。

「大丈夫か?」

と、私は聞く。

「昨日の晩、七年ぶりにヨシヒロに会った」

アランに前に会ったのは一度だけだし、それもちょっとの間のことで、もちろん、ヨシヒロが誰のことか、私にはまったくわからない。

「ヨシヒロとは二丁目の小さなバーで出会った。僕は、東京で教師をしていた——東京で断続的に教えていてもう二十年になるはずだ。当時、僕は結婚していた。日本に来たばかりで、日本語もほとんどわからなかった。ヨシヒロもほとんど英語を知らなかった。でも僕に、彼好みの東京を見せてくれた。彼は、墓地が好きだった。一度、僕を青山墓地に連れて行って、帰り際に自分の肩に化け物が見えないか、と聞いてきた。ヨシヒロには、いつも化け物が見えるらしい——化け物は英語には訳せないので幽霊と言っておこう。ヨシヒロは私が知る中で最も西欧人らしからぬ人物だった。だがどういうわけか、文化の違いがあっても、二人の間には親密な関係——共通の空間ができていた」

「ヨシヒロは、君が付き合った最初の男だったのかい？」

アランは、勢いよくうなずく。

「奥さんはどうしたの？」

「オーストラリアへ戻ってからの離婚は大変だった」

アランは目を伏せ、一瞬沈黙する。その右手が震えているのに私は気付く。

「母親が死んだ後で、ヨシヒロは、書道の道具とロープで縛った小さなぼろぼろのカバンを持って、オーストラリアへやって来た。何年もの間、僕たちはメルボルンと僕がよく教師の仕事をした東京の間を何度も行き来した。だが、ヨシヒロが僕にオーストラリアに永住するための保証人になってもらいたいと思っていたことに、気付くのが遅すぎた。行き来も手紙や電話もだんだんと少なくなっていき、そのうち音沙汰もなくなった」

アランは話を止め、また続ける。

「僕は東京に二回来たけれど、ヨシヒロとはいつも短時間しか会わなかった。僕たちは一晩一緒に過ごし、それは信じられないほど愛情に満ちた時間だったが、一種の別れでもあった。僕のことを特別な友人だと、ヨシヒロが言ったんだ」

たった今口にしたばかりの言葉について考えてでもいるかのように、アランは言葉を止める。

「一九九五年の地震の時に、僕は神戸で教えていた。神戸で流行した肺炎にかかっていて、東京へ行くことも連絡を取ることもできなかった。地震の一週間後にようやく東京へ戻ることができた。そして、二人のお気に入りのレストランでヨシヒロと会った。僕は大変な思いをしてきて、ヨシヒロに性的な関心を向けてもらわなければならなかったから、彼に会えてとても幸せだった。ヨシヒロは、小さなニス塗りの箱を抱えて僕の向かいに座った。そして箱を開けて、僕にお金を手渡した。『何のためのお金だ』と、僕は聞いた。『母からの遺産の一部だ。居心地のいいホテルで夜を過ごすために使ってくれ』」

アランは頭を上げる。そして私の後ろを見る。

「三十年越しの恋人との再会の夜を、ホテルで一人で過ごせと言われたんだ——僕はとても具合が悪くて、彼と一緒にいたかったのに。僕はヨシヒロをじっと見詰め、それ以上見詰めていられなくなると、立ち上がって、金をテーブルに置いてレストランを出た。それから昨日の夜まで、彼には二度と会わなかった」

アランは、まだ私から視線をそらしている。

「神戸で気分が悪くなったのが、ガンの最初の兆候だった。ヨシヒロからは何の連絡もなかった。オーストラリアの病院に入院している時、僕は、部屋の端から僕を見つめているヨシヒロを見たんだ」

「昨日の夜、君が彼に会った時、二人はどういう話をしたんだい」

「遺産の受け取りを拒絶されて立ち直れないほど傷ついた、と彼は言った。そんなものは望んでいなかった——彼と一緒に、彼に抱かれて、肉体的に彼に愛されて、一晩を過ごしたかっただけなのだ、と僕は言った。彼は贈り物をしたという自分の行為を自己犠牲だと考えていた。僕の方はそれを、冷淡な無関心と受け取った。彼は、自分にとって一番大事なものを僕にくれたつもりだったけれど、それは、僕が必要としていたものではなかった」

アランは目を閉じる。体のどこかに鋭い痛みを感じているかのようにその顔が歪む。

長い沈黙の後で、アランは目を開く。私を真っすぐ見て、

「あのことは、オーストラリアの病院でひどく具合が悪かった時のことは、僕が見たのが幻覚か、それともヨシヒロがよくの肩の上に乗せていた化け物のような生霊なのか、僕にはよく分らない」

私は、自分の狭いベッドに座る。イアンに電話をかける。応答はない。時を刻む時計を見る。まだ十時前だ。ゲイバーに今晩は誰がいるか見に行くにはまだ十分早い。

バーで、私は五百円の席料を払い、席料に含まれているドリンクとしてジンジャーエールを注文する。そして、バー全体を見渡せるだけでなく、入ってくる男たち一人ひとりの顔が見える、入り口と反対側の隅に向かう。

二杯目のジンジャーエールを飲んでいて、多分三十代初めで、とても魅力的な日本人の男性が、私を見ているのに目が留まる。私が見ているのに気付き、男性は微笑む。誰かが私に興味があるかどうか、確信を持てたことは私にはない。私は軽く会釈し、微笑み返すと、素早く視線を逸らす。

日本人には見えない中年の男が私の隣に座る。魅力的な青いスーツの日本人の男性から気持ちをそらすために、隣に座る男にどこから来たのかと尋ねる。

「ベネズエラだ。だがこの五年間日本に住んでいる。ラファエルだ。君はどこから来たんだ。東京で何をしている」

作家で、東京で本のための調査をしているところだ、と私は答える。東京にはどれぐらいいる予定か？　というラファエルの質問の途中で、さっき私を見ていたとても魅力的な青いスーツの男性に目を向けると、彼が今は隣りに座っていたガイジンと話しているのに気付く。彼を見ている私を見て、男性はもう一度微笑む。

「六カ月いる予定です」

と、私はラファエルに言う。

ラファエルと話していて、あのガイジンが今は、ずいぶん前のことだったようにも思えるが、さっき私を見ていた、とても魅力的な男性の首に触っているのに気付く。

彼とは何も起こらないだろう、と私は思い、よく聞いていなかった質問の答えをラファエルが待っているのに気付く。明日、仕事のために起きられるよう帰宅しなければならない、ラファエルとの会話が自然に途切れた頃、私を見ていた男性だけでなく、男性の首に触っていたガイジンも、バーを出ていたことに気付く。ひどくがっかりしたことに、我ながら驚く。

携帯で時間を確かめる。真夜中過ぎだ。多分終電を逃していて、タクシーで帰宅しなければならない。となれば、タクシーで使う日本語の単語を思い出さなければならない——左がレフト、右はライト、それとも逆だったろうか。真っすぐがストレイト・アヘッドだということはわかっている——タクシーの運転手をアパートへ案内しなければならないのだ。だがこうした言葉を覚えていたとしても、曲がるべき場所の目印を私は覚えているだろうか。

スツールから降りる——座っている時には私の障害は目に付かないから、それはいつも興味深い瞬間だ。そしてドアへ向かい、階段を上り、二丁目の路地に出る。

バーの真ん前の通りに、あのとても魅力的な日本人の男性がいる。

「待っていました」

と、男性が笑いながら言う。

私に障害があることを、私がゲイバーから出てくる前に彼は知っていたのだろうか。そこならタクシーが捕まえられると思い、私は新宿通りの方へ歩き始める。

「どこへ行くのですか？」

「アパートへ戻ります、行き方を覚えていればですが。あなたの首に触っていた男はどうしましたか？」

「ああ、あの男ね。あの男はフランス人です」

と、男性は笑う。

二人が新宿通りに着くと、魅力的な男性は、私を引き寄せてキスをする。

シンジュクドオリハドコデスカ。

キスをしていて、ある場所がどこにあるかの尋ね方を覚えるために、出発前の何カ月間か、何度も何度も繰り返し言って練習してきた言葉が、頭の中で繰り返される。自分がここ、新宿通りで、このとても魅力的な日本人の男性とキスをしていることが信じられない。

「私の家にあなたを連れてはいけません」

と、彼は言う。

「用意ができていないんです」

用意ができていない？　どういう意味だろう。私は尋ねる。

「どこなら二人で行けるだろう。電車はなくなって、自宅までタクシーで帰れそうにもない」

「ラブホテルがあります」

「ラブホテルだって。どこに？」

私は、日本のラブホテルについて読んだことがあった。日本の家では、プライバシーやスペースがほとんどないために、不倫であってもそうでなくても、恋人たちはラブホテルを利用するのだ。

「バーのすぐ上です」

「それは好都合だ」

「お金を取ってきます。ここにいてください」

これは彼が逃げ出すための口実だったのか。私は、あまりにも簡単に彼の舌を自分の口に入れさせてしまったのだろうか。私のキスの返し方が彼の気に入らなかったのだろうか。ネオン輝く新宿通りに立って、私の背が百五十センチしかないことに彼がとうとう気付いたためだろうか。私は待ち続ける。アパートに戻れる自信がないためばかりではない。あのとても魅力的な男性が、実際にお金を取りに行ったのかどうかも知りたい。

数分で男性は戻り、私の手を取って元の路地へ連れて行く。ゲイバーへの階段を通り過ぎたすぐ先で、彼はラブホテルと思われる暗く人気のないロビーに私を連れ込む。二つの値段――一つは「休憩」、もう一つは「宿泊」の値段が英語で表示されている。

「誰もいないね」

と、自分が言うのが聞こえる。

「心配ありません。係の女性が来ます」

その時、ホテルの正面のドアが開き、

「アリガトウゴザイマシタ」

と、サンキューの意味だと私にもわかる声がする。たまたま私がカーペットの上に立ったので、自動ドアが作動するとともに、よく聞かれるようになった日本人女性のコンピュータ音声が発せられたに違いない。

するとフロントデスクのそばのドアが開き、背中を丸めた小柄な、年配の日本人女性が、モップの入った金属のバケツを引きずりながら出てくる。

とても魅力的な男性は、女性に支払いをしエレベーターへ。そして、三階へ。テレビか魚の入っていない水槽か、シースルーの冷蔵庫の扉のようなものから発する、不思議な緑の明かりがけばけばしく輝く部屋へと、私を導く。

私がベッドの奥の椅子に座ると、魅力的な男性は服を脱ぎ始める。

「マサです」

と、男性は服をきちんと畳んだり掛けたりしながら言う。

「ケニーです」

と、私は言い、自分も服を脱ぐべきかと考える。

マサはボクサーショーツ姿で私に近づき、私をベッドの方へ引き寄せる。そしてキスをし始め、思ったよりずっと早く私はあおむけになり、マサが私の上に体を預けてくる。

「コンドームがいります」

と、私は言う。

「ええ」

「僕が持っている」

マサは私の上で、私が財布に手を伸ばすのを待つ。

「ちょっと待って、下に電話をしなくては」

　私のごく初歩の日本語でも、彼が朝の八時頃と言うのが聞き取れる。マサが、休憩をしようとしているのではないことがわかる。二人はラブホテルに泊まろうとしているのだ。

5　もののあわれ

東大のバリアフリープロジェクトでもらった論文の中に、長瀬の日本障害学の本の中の、日本の障害者の権利運動小史という論文の英訳がある。

一九七〇年五月二十九日に、横浜で、脳性マヒがある二人を含む三人の子供の三十一歳の母親が、午後十時に二人の男の子をベッドに行かせた。だが障害が比較的重く、いつもベッドに拘束されている娘が、真夜中に泣き始めた。母親は、娘を泣きやめさせることができなかった。子供たちの面倒を見るためにやることがあまりにも多く、母親は一日中イライラしていた。夫は出張に出て、家にいなかった。母親はとうとう腹を立て、娘を絞め殺した。

母親は娘を受け入れてくれる施設を探そうとすべきだった、と新聞は書いたが、施設に空きはなかった。

「母親は娘をとても愛していたし、症状が改善しないからといっても、ケイコ（娘）を施設へ入れるべきだったのでしょうか」

と、ある隣人は言った。新聞は、母親が「夜中に泣いたので娘に腹を立て、エプロンのひもで絞め殺した」と言っていると伝えた。

母親が殺人で逮捕された時、隣人たちは七百の署名を集め、当局に母親の釈放を認めるよう請願した。母親に同情し、法廷の寛大さを求める父母の会などの声が大きくなるという、こうしたケースが公になった時の通常の反応が見られた。母親には懲役二年の判決が下されたが、裁判長は、

「障害を持つ子が健常な子と区別されてはならないが、被告は精神的疲労を抱えており、夫は出張に出ていた。これらを考慮して、被告の刑の執行を猶予する」

と、言い渡した。

このケースでは、前例のないことが起こった。脳性マヒ者のグループである青い芝が、こうした同情的な見方に強く反発し、公式に抗議したのだ。

私は長瀬に、青い芝の元のメンバーに会ってみたいと言った。

「時間の無駄です」

と、長瀬は答えた。

「ずっと昔のことですから」

日本では、多分さえもノーを意味することを思い出して、私はそれ以上言わなかった。

私はワッフルのレストランで、マサに会う。自分はバークリー音楽大学で学んだピアニスト

だとマサは言う。彼は、東京の高級住宅地に家を構える両親と同居している。彼にはボストンにボーイフレンドがいて、そこで時々数カ月まとまった時間を過ごすことも知る。マサは、来週にもボストンへ行くという。

マサと別れて、ひどくがっかりしたことに我ながら驚く。マサにすでにボーイフレンドがいるとは思わなかった。

頭をすっきりさせるために、私はまた明治神宮を訪れる。六月中旬には有名な明治神宮のアヤメが満開になるはずだと知っていたので、今回は高い杉の鳥居を通り過ぎたところで、左に回り道する。

明治天皇の皇后が釣りを楽しまれた、蓮で埋まった池を過ぎて、並木道をさらに進む。そして、角を曲がる。

幾千というアヤメがジグザグの列をなして目の前で揺れる、アヤメの沼が現れる。強烈なまでの豊穣、紫の考えられるすべての色合いだ。このすべての鮮やかな色――あまりにも豊かな色が私の足を止める。

アヤメの沼を眺めて、どれぐらい長く立っていたのだろうか。

ようやくのことで、私は木の橋を渡ることができる。身をかがめて、再びアヤメをしげしげと眺める。その時になってようやく、他の色があることにも気付く――ピンク、黄色、青が、それぞれに特徴のあるアヤメの花の一部をなしている。

日本へ来る前のほぼ五年間、私は詩を書いていなかった。六月中旬に明治神宮のアヤメの庭園を訪れた後で、私は日本の庭園についての短い六行詩を書き始めた。

再び詩を創作できるのは嬉しいことではあるが、「東洋風」なところがあざとく感じられて、きまり悪い。私はここでは、日本に来て六週間にしかならない西欧人で、俳句にとても良く似た、簡潔な写象主義的な詩を書いている。おまけに、その詩は日本の庭園についてのものなのだ。

私の障害の研究は行き詰っている。エビスはとらえどころがないままだ。マサはボーイフレンドを訪ねて、今ボストンにいる。

私は、日本の庭園について書くことに没頭する。はじめは、京都への旅行はイアンが日本に来た時のために取っておきたいと思っていた。だが、イアンが訪ねてくる様子はない。私は、もう待たないことにする。夏の湿気がひどくなる前に、一人で京都へ行こう。

私は日本の庭園について、できるだけ多くを学ぶ。もののあわれについて書かれたものを読み続ける。有名な翻訳家の*サム・ハミルにとって、もののあわれは、

自然の中に見出される余韻……永遠ではないものの美しさの中にある自然の痛切さである

……あわれはもともと、単純に五感の関与によって引き起こされる感情を意味した。

アイヴァン・モリスは、[*] 彼の『源氏物語』についての研究の中で、あわれとは、

もの、人、自然に内在する感情的な本質で……外部世界の感情的側面への人の内部的反応である。

と書いている。ドナルド・リチーは、

意識は大いに自己認識の産物で、人が感動させられるのは、ある程度までは感動させられているという意識、感動させる物事が世界の一部として持つ特性のためである。

と述べている。

私が持っているガイドブックの有名な京都の龍安寺の写真には、三つの区域に分けられたいくつかの石が写っている。これには混乱させられる。これが庭園と言えるのだろうか。庭と言うよりは、キッチンの戸棚の中に、注意深く配置されたスパイスのクローズアップのようだ。

ハーンは、「日本の庭園で」の中でこう述べている。

さて、日本の庭園は花の庭ではない。植物を育てるために作られるものでもない。十中九までは花壇らしきものは見られない。緑の小枝がわずかに含まれている庭園もあるかもしれない。緑が全くなく、石と小石と砂だけからできているものもある……日本の庭園の美しさを理解するには、石の美しさを理解する——または少なくとも理解することを学ぶ必要がある。人の手によって切り出された石の美しさではなく、自然のみによって形作られた石の美しさを。石には性格があり、色調と価値があることを感じ取れるまで、それも鋭敏に感じられるまでは、日本の庭園の芸術的意味のすべてが明かされることはない。

龍安寺の石庭は小さく、奥行九メートル、幅二十四メートルしかない。それぞれ大きさや色や質感が異なった十五の石からなり、それが五つのグループに分かれて配置され、よく掻きならされた灰白色の砂の海に取り囲まれている。方丈の縁側から見ると、他の三方が土塀で囲まれている。壁はかつてはペールホワイトだったのだろうが、今は明るい赤褐色で、そこここにシミが見られる。長い年月の間に油で汚れたのだ。

十五の石をすべて見ることのできる場所はどこにもない。どこに座っても、一度に見えるのは最大でも十四だけだ。私は生徒の集団が、石を数えているのに気付く。目は生徒から石に戻り、最初は一つのグループに留まり、次には他のグループへ、次には油で汚れた壁の、タピエスが描くような模様を凝視している。

庭を見ていると、前景と見えるものがいつのまにか背景になる。背景と前景が入れ替わるということだ。壁が一番目立つ。次には石のグループのうちの一つが、または一つの石が。そして砂紋に焦点が当たる。なぜガイドブックの写真で、庭の小さな隅がクローズアップされているのかがわかる。すべてを一度に見ることはできないのだ。龍安寺での経験は、いくつもの経験が積み重なって作られる。

どのぐらいの時間ここに座り、眺めていたのだろうか。

どうしたら、これほどまでに穏やかな――不変なものが同時に、まさに同じようにはかなくあることができるのだろう。

大海の中の島々が表現されている、中国の古文に出てくるいくつかの有名な山、幼獣を追いかける虎、無明という仏教の原理の象徴というように、多くの人たちがこの庭の意味を解釈してきたが、私は自分が見たという経験以上に、あえて解釈を加えたことはない。

立ち上がって、方丈の反対側へ回る。石の手水鉢である*蹲踞《つくばい》がもっとよく見えるように、身を屈める。蹲踞の上には四つの日本語の文字がのみで彫られている。説明文によれば、手水鉢の中央の穴も含めて時計回りに読めば、「吾唯足知」（われ、ただ足るを知る）となる。

京都の反対側にある*修学院離宮の見学は、日本語で案内されるものだ。私は見学者の中のただ一人の、日本語をわかりも話もしないガイジンである。

修学院離宮は広大な区域を占めている。上・中・下の三層からなり、それぞれの層に庭園があって、設計もそれぞれ明確に異なっている。低い方の二つの層は小さくて、周囲を囲まれている。池、流れ、滝、石、灯篭が、数寄屋造りの建物の周りに配置されている。

上段の庭園への入り口には、右側の高台に向かって生垣で覆われた石の階段を抜ける道がある。

「大丈夫ですか、大丈夫？」

と、石の階段を上る時に、一緒に見学する人たちが、心配して何度も聞いてくれる。

「ダイジョウブ、ダイジョウブ」

と、私はみんなに問題ないことを伝える。

階段を上る前には、生垣にさえぎられて庭園は見えない。だがひとたび、階段の一番上にある隣雲亭《りんうんてい》という茶室に着くと、眼下の庭園が——庭園の松と楓のすべてを映す澄み切った池、もう一つの茶室、島を越えて池の反対側へと続く二本の橋が一望される。このすべてが、山々をも映す庭園の池ばかりか、園内の流れや滝の水源である、霊山、比叡を含む周囲の山々に取り囲まれている。山々は庭園そのものではないが、庭園の一部となっており、これが「借り物の風景」、すなわち借景《しゃくけい》という考え方である。修修学院離宮の庭園は、私にとって借景の初めての経験である。周囲の光景が、庭園の一部になっているのだ。近くに美しい光景があるように庭園を配置するということではなく、周囲の光景の形と本質を実質的に組み込み、そうした要素を庭園自体の一部として再現するということだ。それは、あたかも、

　日本人の手は長く伸びて、最も遠くの（適切な）ものまですべてを引き立たせているようだ。そこにある物すべてが自然の一部になり得る。見て取ることのできる者にとって、世界は一つの、継ぎ目のない全体である。

と、ドナルド・リチーは述べている。

修学院離宮では、最初はただの生垣と見えたものはやはり生垣でしかない。だが、最初の出会いではわからない生垣の配置、その目的が、しかるべき時になって初めて明らかになり、それによって、隠れたものが明かされる経験が印象的なものになる。効果を最大にするために、庭園全体の眺めが、「継ぎ目のない全体」として見えるまで先延ばしされているのだ。

私はもう一度、浅草寺のおみくじのことを考える。

「心正しければ、願い事、後に叶う」

私は、忍耐強くない。後とは、私が正しい心を持つ時とは、いつのことか？

願いを変える必要があるのだろうか。パートナーがいないままでいる方がいいのだろうか。

イアンが日本を訪れることは、忘れるべきなのだろうか。

そうすれば、私は「継ぎ目のない全体」を見ることのできる者になるのだろうか。


菩薩は悟りを開くことができるが、下界に留まって衆生が解脱するのを助けようとする。京都の清水寺は七七八年に僧の延鎮《えんちん》によって、慈悲と共感の菩薩（ボーディ・サットヴァ）である観音菩薩をたたえて、建立されたと言われる。町の東側の森に覆われた丘の上に建てられた清水寺の本堂には、屋外の巨大な木造の舞台がある。本堂を入ってすぐの所で、私は青銅製の大きな鐘を鳴らす。鐘の音は、丘の斜面と谷全体に響き渡る。

長く険しい階段を下った舞台の下に、清浄な清水からの滝で、寺の名前の由来にもなった音羽の滝がある。この水には癒しの力があると言われる。端にコップの付いた長い金属の棒（ひしゃく）で流れる水をすくって飲むために、訪れる人たちが列をなしている。

だが私は、何を癒そうとしているのだろうか？

滝の水を飲んだ後で寺を見上げる。隣接する丘に高くそびえる本堂の広い舞台を、見た目ほど不安定でなければ良いと思うのだが、適切な位置で支える十文字の巨大な木組みが見える。本堂の裏の、短い階段を上った所には、恋愛と良縁の神様が住まわれているとされ、恋人たちに人気の地主《じしゅ》神社がある。地主神社のあたりは、浅草寺の仲見世通りのように驚くほどにぎやかだ。

神社の正面に、数メートル離れて置かれた二つの石がある。目を閉じたまま、一つの石からもう一つの石までうまく歩くことができれば、恋愛が成就すると言われている。想っている特定の人がいるなら、石から石へとうまく渡ることができれば、きっとその人と結ばれ、関係が長く続くと。

二つの石の間を歩く人が笑っている。それを見ている人たちもまた笑っている。見物人の中には、励ましの言葉らしい声をかける人もいる。日本語がわからないので、どの言葉が、運を試している人たちの役に立っているかはわからない。

群衆を見ていて、自分は立ち去るべきだと思う。私は京都ですでに目的のものを得ている。庭園の詩が、さらに二つ書けた。

だが私は、興奮に飲み込まれている。いつの間にか列の中にいて、次が私の番だ。石から石へと、目を閉じてうまく歩こうとして緊張する。浅草寺のおみくじは告げている。

待ち人後に来る。パートナーのいない私は、誰のことを思ったらいいのか？
私は目を閉じる。石から石へと歩き、イアンのことを考える。

京都の最後の夜に、私は、能の魅力のとりこになる。ドナルド・リチーは、「能は、自然の力、自然の環境がすべてだ――それはアニミズム的な演劇、純粋な神道の演劇だ」と書いている。だが私が目にしているものは、自然のようには見えない。それは飾り気のない木の舞台だ。神社で見たものを思わせる屋根が舞台を覆っている。奥の壁には、京都の庭園で見たような形の、大きな、定型化された松の木が描かれている。

能装束の役者が、本舞台につながる脇道（橋掛かり）から舞台に入ってくる。役者が舞台の中央にすり足で歩いていく時、灰色がかった白い花と葉が美しく刺しゅうされた、手の込んだ黄土色の着物に気付く。役者は白い面を付けている。面の赤紫の唇は、かすかに開いている。面の眼は閉じている。役者の演じる人物は深い眠りの中で、夢見ているようだ。

だが舞台上の人物が夢を見ているのではないことを、私は知っている。舞台にいるのは、最も有名な盲目の琵琶法師、蝉丸《＊せみまる》なのだ。私はその名を冠した能の芝居を見に来ている。

三人の打楽器と一人の木の横笛奏者からなる四人の囃方《はやしかた》が、舞台の横の隠された入り口から入って来ている。囃方が奏でる音楽はすべて脈動するリズムで、はっきりした旋律はない。蝉丸は音楽に合わせて、不明瞭な低音で詠唱する。

さらにもう一人の面を付けた役者が現れ、この役者は長いザンバラ髪で、滑るようにゆっくりと舞台上に姿を現した。蝉丸と長髪の人物が何を言い合っているのか、私にはわからない。日本人にさえ、詠唱の内容は理解できないかもしれない。だが詠唱が作り出す独特な雰囲気は、子供時代にユダヤ教の礼拝堂で、老人が祈る時に発した音を思い出させる。

そして今、蝉丸は踊っている。だが能の踊りは、今まで見たどの踊りとも違っている。動作は非常にゆっくりと始まる。蝉丸の左手に握られた扇が、下に向かって弧を描く。白足袋の足が上に向かって曲げられる。反対の足が木の舞台を踏みしめる。打楽器のリズムとは明らかに違った調子で。

高音の横笛の長く甲高い調子の後で踊りは終わり、蝉丸は現れたと同じ方向に、来た時より素早く、足を引きずるように立ち去る。

礼儀正しい日本人の拍手で、芝居が終わったことがわかる。

長いザンバラ髪の人物はどうなったのだろう？

蝉丸は死んだのか。天国へ行ったのだろうか。

目の前で起こったばかりのことが一体何だったのか、私にはほとんどわからなかった。だが今感じたもののために、自分の顔が蝉丸の面のように見えるのではないかという気がする。まるで時間が止まっていたようで、自分が目覚めていたのか眠っていたのかもわからない。

ホテルに戻り、蝉丸を見て自分が経験したものを説明してくれそうな情報を探す。あの芝居の舞台は、京都と琵琶湖の間にある逢坂峠の、昔の関所である逢坂の関だ。東国へ行き来するすべての旅人は、この道を通らなければならなかった。この場所は、詩や日常生活の物語の中で有名になった。逢坂の関をよく通った乞食の芸人の中の、盲目の、放浪の音楽家たちの一派が、蝉丸が自分たちの流派の創始者であり後援者だと言うようになった。こうした盲目の琵琶の歌い手が、魅力的なまでに抒情的な物語を日本中で歌ったことで、国中の人々が同じ物語に触れる機会が生まれただけでなく、国語の確立にもつながった。

後に、これらの音楽家は蝉丸を皇子にまでまつり上げた。事実であれ神話であれ、蝉丸は最後には多くの音楽家、特に盲目の演奏者にとって神のような存在になった。彼は逢坂の関の近くの神社にまつられた。

私は日本の庭園に浸るために京都に来た。そして、庭園だけでなく、初歩的にではあっても能を理解するのにも役立った、もののあわれについても理解を深めて、京都を去ることになる。一見とらえどころないこの考え方は、障害とどう関係するのだろう?

日本の障害者の象徴のささやかな殿堂に、新たな人物も加えた。エビス、芳一、そして今度は蝉丸だ。

龍安寺の石庭から、経験が一度で作られるものではなく、積み重ねられていくものだということを学んだとしても、私はいまだに、修学院離宮の上段の庭園が約束するような啓示を待っている。東京に戻る途中で、少しだけ寄り道をすることにする。峠の琵琶湖側に三つの蝉丸神社が残っている。一番大きな神社は今でも、能の芝居に出てくる有名な「関の清水」を誇りにしている。京阪電鉄が神社のそばを通っていて、神社の鳥居は一面さびで覆われている。

【訳註】

サム・ハミル

アメリカの雑誌編集者で詩人。詩集に、"Habitation: Collected Poems" などがある。

アイヴァン・モリス（一九二五〜一九七六）

イギリスの翻訳家、日本文学研究者。ハーヴァード大学で日本語と日本文化を研究。英文著書のほか清少納言の『枕草子』、『更級日記』、西鶴作品ほかの古典や、昭和文学では中島敦『山月記』、三島由紀夫の『金閣寺』、大岡昇平『野火』、大佛次郎『旅路』など多数を英訳。

蹲　踞

茶室の露地に低く置かれた石製の手水鉢《ちょうずばち》。茶客が入席する前にここで手を清める。

修学院離宮

京都市左京区修学院の比叡山麓にある皇室関連施設。一七世紀中頃に後水尾上皇の指示で造営された。総面積約五四万平方メートル。上離宮・中離宮・下離宮で構成され、松並木の道でつながれいている。

蝉　丸

生没年は不詳。平安時代前期の歌人、音楽家。「小倉百人一首」にその歌が収録されていることで知られている。盲目の琵琶の名手で、平家を語る琵琶法師・盲僧琵琶の職祖とされている。

6　肉体的事実

一八九六年に、ラフカディオ・ハーンは、現在の東京大学である東京帝国大学の英文学講師という名誉あるポストに任命された。当時、この申し出は、専門家ではないハーンを当惑させた。ハーンは、英文学についての訓練も受けたことがなく、学位もなかった。そして、日清戦争の勝利に沸きたち、日本が強大になることを恐れ、中国を支配したいと考える西欧列強による干渉に憤っている日本は、外国人教師を母国に送り返していたからだ。

しかしハーンは、自分が雇われた理由をすぐに理解した。一八九四年にボストンで出版された彼の『知られざる日本の面影』は大きな反響を呼んでいた。この本は、アメリカ人の日本への強い関心が薄れかけていた時に、それを再び呼び起こした。ハーンは、日本に恋した最も高名な西欧の作家だった。日本人の後援者たちは、ハーンが日本への称賛を書き続けてくれると信じていた。

ハーンは友人に、

「私が恐れているのは――うすうす感じてもいるのは、この地位が私に与えられたのには、いくつかの理由があるが、中でも最大のものは、私が日本について多くの本を、何の憂いもなしに執筆できるようにするためではなかろうかということです」

と書いている。

　私は、江戸時代の日本の盲目の琵琶法師についてもっと知りたいと思う。そこで、十年前に日本に住んでいた作曲家の友人にメールを送る。知り合いで高く評価している、歌手の*きむらみかと連絡を取ってはどうか、と彼は言う。

「彼女は東京の芸術家を大勢知っている」

ということだった。

　礼儀正しいメールの交換があって、みかは私を、日暮里の「ライブハウス」でのコンサートに招待してくれる。ブレンダが、東京によくある狭い建物まで同行してくれる。エレベーターで上がっていくと、あるフロアにはレストランがあり、別のフロアにはオフィスが、また別のフロアには理髪店がある。

　四階に上がり、部屋の入り口に置かれた移動式のカードテーブルでチケットを引き替える。チケットのテーブルのすぐ先に、キッチンらしき所からの開口窓がある。窓のカウンターが間に合わせのバーになっている。小さな部屋のすべてが形式ばらず、くだけた感じだ。

　私は一枚の紙にタイプされたプログラムを見る。片側は英語で、反対側は日本語だ。歌はすべて日本語で歌われ、順番は、初期のものから最近のものへと時系列になっている。

すぐに部屋は一杯になる。ガイジンは、ブレンダと私だけだ。他の人たちはみな移動して、互いに挨拶している。ほとんどが顔見知りのようだ。歌手や音楽家なのだろうか。みんなの話の内容がわかったらいいのにと思う。混雑した部屋の騒音は、期待と共にさらに高まっていく。

照明がちかちかと点滅する。みんなが着席し始める。ブレンダと私は、二十ほど並んだ折りたたみ椅子の席の後方に座る。

男性が一人、舞台に入って来る。波打つようなゆったりした袖のシャツと、京都で見た能楽師が来ていたものを彷彿させるような袴を着ている。浅黄色の竹でできたリードのない、伝統的な日本の笛、尺八を手にしている。

最初の曲は低音で長いものだ——私が子供の頃、ジンジャーエールの瓶を吹いて出した音に似ていて、霧笛と人間のうなり声と風が入り混じったようなものだ。

次の曲は、もっとスタッカートの演奏だ。曲が続くにつれて、旋律とリズムの間に微妙なバランスが生まれてくる。聞こえてくるものは急流に似ている。

尺八の前奏が終わっても、まだ余韻が残っている。

きむらみかが舞台に登場する。襟ぐりの深い、ダークラベンダーのドレスを身につけている。髪は長く編まれて背中にかかっている。尺八の奏者にお辞儀をし、それから——みかの声だ。ソプラノでもアルトでもない、でなければソプラノとアルトの両方だ。日本風でも西欧風でもない、でなければ日本風と西欧風の両方だ。低い胸声はチェロのように響き、高音は震え、ほとんどマリア・カラスのようなビブラートだ――時に澄み、時に少し鼻にかかる。だが声はマリア・カラスではなく、かと言ってキャスリーン・フェリアや、ジャネット・ベイカーや、エリーザベト・シュヴァルツコップや、ビリー・ホリデイや、アビー・リンカーンや、サラ・ヴォーンでもない。みかの声は、イアンと私が繰り返し聴いたどのシンガーにも似ているが、それでいて誰にも似ていない。一つの曲は美しく、次は痛切すぎる。時に曲が明確に歌われ、他の場合には不明瞭だ。みかは音楽のためなら、たとえ自分の魅力が損なわれたとしても、どんな音でも出すことを恐れない歌手だ。それぞれの曲の日本語の言葉を、彼女が正確に響かせているように聞こえる。もちろん、言葉の正確な意味は、私には何もわからない。

コンサートが進むにつれて、みかが言葉を歌ってはいないように聞こえてくる。それでも曲を歌っていたのだろう――一部はジャズのスキャットのような、一部は擬音語のような。私が理解したというより十分に意味を感じ取ることができた曲に、手と顔の動きによって、さらに深みが加わる。みかがタンバリンのように見えるものを掴み、中世の日本の叙情詩のために書かれた現代の曲である"Shite-tan"を歌う時には、巧みなブレスコントロールでどんどんテンポを早めて歌い、私の胸の鼓動も彼女に付いていこうとする。

コンサートが終わる。常に礼儀正しい日本人の拍手の間に、私はブレンダの方を向く。彼女は言う。

「あなた泣いているわ」

私はみかに会いに行く。彼女と握手する。彼女は私に、軽くお辞儀をしながらにこりと笑いかける。


数日後、みかの住まいに近い下町の錦糸町で昼食のためにみかと会うことになる。

私は早く着き、入り口の見えるテーブルを選ぶ。つば広の青い麦わら帽子と、ぴったりしたターコイズ色のワンピースのみかが部屋に入ってくると、すべての人々の目が彼女に注がれる。みかに挨拶し、自分が「キャバレー」のヒロイン、サリー・ボウルズの日本版に会っているような気がする。だが、クリストファー・イシャーウッドの作った人物とは違い、みかには才能がある。

寿司の皿をはさんで、私たちは向かい合わせに座る。私はみかに、放浪する盲目の琵琶の歌い手について知っていることを教えてもらう。

「まだ一人残っているわ。私はいろいろな種類の古い日本の音楽を保存するために録音をしていて、その人は録音に参加しているの。南部の島の九州で町から町へと回っているの。五年ごとに東京でコンサートを開いているわ」

「ハーンは九州で暮らしている時に、琵琶法師を聴いたことがあるでしょうか？」

「あら、だったらあなたはハーンを読んでいるのね」

昼食の後で、私はみかに自作の三編の短い詩を渡す。

「自分の詩を歌だと思ったことはない？」

と、みかに聞かれてびっくりする。

「歌ですって」

「この詩を日本の楽器と組み合わせることを、頼めそうな作曲家がいるの」

「私の歌を歌いたいのですか？」

「できればね。口と顎に問題を抱えるようになってから、あまり歌っていないけれど、あなたが東京にいる間に、あなたの歌のコンサートをきっと実現できるわ」

「詩に『東洋趣味』が強すぎないですか？」

「東洋趣味ですって？　どういう意味なの」

「つまり、私が西洋人で、日本の庭園についてこうした短い象徴主義的な詩を書いている、ということです。『王様と私』の中のリチャード・ロジャースの『シャムの子供たちの行進』や、『トゥーランドット』の中のプッチーニの偽の中国主義そっくりです」

「マダムバタフライ」のことは言わずにおいた。

だが、みかの方が口にした。東京の芸術大学に通っていた時、生計を立てるために、みかは夜に銀座のナイトクラブで歌っていたという。

「銀座が六本木と違う何か新しいことをやろうとしている時だったの。銀座のナイトクラブが、電子ピアノの伴奏で『マダムバタフライ』のアリアを歌わないかと聞いてきたの。上客を引きつけられると思ったからなの」

みかは微笑み、その目も微笑んでいる。そして、声を出して笑う。

「あなたの詩はちっとも東洋趣味ではないわ。あなたの理解の仕方は、私に自分の文化をまったく違う目で見させてくれるわ。ここで見て、経験するものに対して、あなたが興奮する姿は魅力的よ」


六月中旬に、マサが電話をかけてくる。彼はボストンから戻っている。私たちは、ワッフルのレストランで会う。

「ご両親は、君のボーイフレンドのことは知っているの?」

と、両親は息子がゲイだということを知っているかどうか聞く代わりに、こう尋ねる。

「ボストンに親友がいることは知っています。父親には知られていません。母親はスチュワートに会っていて、わかってはいますが、そのことについては何も言いません」

「スチュワートに僕のことは言うのですか？」

「アメリカ人の作家に会ったとはもう言いました。あなたの肉体的事実（physical fact）についてもね」


肉体的事実だって。障害の代わりに使うとは、なんと素晴らしい言葉だろう。この英語の言葉が、ネイティブでない話者の口から出たことに皮肉を感じる。

ワッフルの後で、私たちはゲイバーへ行く。マサはへべれけになってしまう。夜が更けるにつれて、マサの言葉は不明瞭になり、何を言っているのかわからないほどだ。

バーが閉まった後で、私たちは土砂降りの雨の中を歩き、タクシーを探す。狭い二丁目の通りを出て、私たちは時々タクシーがバーからの帰りの客を待っている場所の方へ行く。一緒にタクシーに乗ろうとしたが、私はマサと一緒には夜を過ごさないことにする。

ずいぶん昔、私はアルコール依存症になっていて、その経験は繰り返したくない。

マサを後部座席に座らせながら、「明日、話すよ」と、私は言う。

一人家に帰るタクシーの中で、何年も前に、ミゲルとこんな夜を幾晩も過ごしたことを思い出す。彼が酔っ払っていてもセックスはよかったが、それだけの価値はなかった。

私はもう一つ決心する。マサには、彼がまだ飲み始めていない、日中に会うことにしよう。

アパートに戻って、時計が立てるチクタクという音を聞く。日本では、自分が今いる場所と、ほとんどの友人が、特にイアンが住んでいるアメリカ北東部との時差をいつの間にか計算している。イアンに今電話すれば、ワシントンＤＣでは朝だ。多分出勤途中を捕まえることができるだろう。電話は留守電に入るだろう。

二人が距離を置いてすぐの時、イアンは、日本に私を訪ねる話をした。だが私が日本に着いて以来、いつ来るのかという質問に、彼は答えてくれない。それどころか、私の日本の「美化」とイアンが言うものにうんざりしていると言う。理解し始めたばかりで、未だによく知らないこの文化についての私の経験を伝えると、イアンは私が説明できないことを聞いてくる。

日本にいる間に、私は物事を、これまでとは別の見方で見ることに慣れてきた。ますます、目の当たりにすることを素直に受け入れるようになる。アメリカでは、見たものや会った人についての自分の意見をすぐにまとめ、主張してきた。しかし、東京では、すべてにというわけではないが、そうした判断をなるべく差し控えて、アメリカでは友人にならなかったような人たちとも付き合うようにしてきた。私が会う日本人は、この人はなぜあれをするのか？　この人はなぜあの人が好きなのか、といった心理学的な分析をしないから、私もそういうことについては尋ねない。

日本人のように、イアンからの答えがないことをノーだと思うことにする。イアンが日本に私を訪ねることはないと。

私はゲイバーで会った、日本に住むベネズエラ人のラファエルとコーヒーを飲んでいる。日本に七年間住んだ後で、彼は日本を離れることを考えているという。

「どうして日本を離れるんだい？」

と、数ヶ月後には自分がそう聞かれ、そう自問し続けていることを知らずに、私は聞く。

「自分がガイジンであるために、いつでも違う扱いを受けるのには、もううんざりだ」

ラファエルの言うことは、自分にも当てはまる。確かに、どこへ行っても、自分が完全に溶け込んでいるとは感じられない。だがここでは、障害者であることよりも、ガイジンであることがまず先に来る。日本では自分は外国人で、部外者であるために外国人として扱われるのに、母国であるアメリカでは、部外者でないにもかかわらず部外者としての扱いを受ける。これまで日本では、私の障害は決まって肉体的事実でしかないか、そうですらないものとして扱われてきた。

ここでは自分がガイジンであることで、大きな期待をされずにいることもわかっている。有名な財団の助成金を受けて日本を訪問している作家であるために、優遇されているのだろう。日本語を理解せずに——レストランで食べ物を注文するためにメニューも読めない——私は案内してくれる人たちを信じるしかない。

アパートのドアを開けると、電話が鳴っている。ブレンダだ。彼女からの電話にびっくりする。彼女にとって日本をたつ前の最後のものになる今度の週末は、タカと一緒に、海辺の友人の家へ行っているはずだ。だが彼女は家にいて、一階に来たがっている。

「金曜の夜と土曜日を、海辺の家に一緒に泊まって過ごしたの」

と、階段を駆け降りて来て、呼吸を整えながらブレンダが言う。

「そうしたら、土曜の夕方に、年配のカップルが来たの。その年配のカップルとタカの三人が、日本語でものすごい勢いで話をして、私にはほとんどわからなかったわ。ようやくのことでタカが私の方を向いて、女性を母親だと紹介したの」

「お母さんだって。一緒の男は父親かい」

「私も父親だと思ったわ。でも、私がタバコを吸いに外へ出るとタカが付いてきて、あれは母親のボーイフレンドだと言うの」

「母親のボーイフレンド?」

「そう、ボーイフレンドなの」

「父親は知っていたの」

「きっと知っていたと思うけど、知っていたかどうか。ここは日本だから」

「タカは母親に、自分がその家にいる予定だって言わなかったのかい」

「言ってないと思うわ。でもわかってちょうだい、日本語で言い合っていたのは、母親とボーイフレンドが一緒の時に、タカが私と一緒にいたことではなかったの。母親が動転したのは、自分が二人分の食べ物しか持ってきていないことだったのよ」

ブレンダと私は、笑いが止まらない。

「あんまり奇妙だったの。私はもう一本タバコが必要だったわ。タカは察して、また外へ付いてきた。私は彼に、その家に母親と一緒にはいられないから、東京へ戻らなくてはと言ったの。タカが二人になんと言ったかは知らないけど、多分、私の具合が悪いというようなことでしょう。二人は、今晩車で東京へ戻ったの」

数日で、ブレンダはいなくなる。彼女のいない東京は、今まで通りの東京ではないだろう。

【訳註】

きむらみか

声楽奏者。演劇を出発点に「言葉」と「声」を学ぶという志を持ち、東京芸術大学声楽科に入学。イタリア歌曲を基盤に、日本の長唄、謡など領域を広げ、新進作曲家の実験的な声楽作品に多く関わる。

7　頭がい骨の山とろうそくの灯された墓地

ラフカディオ・ハーンの物語、＊「頭がい骨の山」の中で、菩薩が巡礼者を「水の一筋も、植物の跡も、飛ぶ鳥の影も」見えない険しい山の上へと案内する。二人はさらに高く登り、巡礼者は見下ろす。

「下にも周りにも上にも、どこにも地面はなく――恐ろしく、数えきれないほどの頭がい骨とその破片、そして細かく砕けた骨が堆積しているばかりではないか」

旅人は恐ろしくなる。

「怖い――本当に怖い……人間の頭がい骨以外何もない」

「そう、頭がい骨の山だ」

と、菩薩は言う。

「だが聞きなさい、あれはすべてお前自身のものなのだ。それぞれがいずれかの時点で、お前の夢と幻滅と欲望の巣だったのだ。あの中には他の人間の頭がい骨は一つとしてない。すべてが――例外なしにすべてが――お前の数十億の前世におけるお前のものだったのだ」

暗い舞台の床から立ち上がる女性がいることに気付くのに、多分十分はかかっただろうか——だが、まるで時間が止まったようだ。

初めのうち、聞こえるのはボリュームを上げたままで、何も演奏していないスピーカーのシーッという雑音だけだ。やがて、なじみのない管楽器で奏でられるアメイジング・グレースの聞き慣れた旋律が聞きわけられるようになる

さらにゆっくりと、私が見に来た、舞踏の踊り手が目に入る。顔と体を歌舞伎のような白塗りにして、木の枝に覆われ——それとも枝を身に付けているのだろうか、まだ暗すぎて判然としない——*三上賀代が動き始める。最初につま先が、次に指が、それから脚が、手が。背中が完全に後ろ向きに弧を描くかのように見えるまで。目と口を含めて、体のそれぞれの部分が、単独に動いているようだ。どれが手か、どれが脚か、どれが顔か、どれが背中かわからない。

ついに重力が敗北する。女性は立ち上がっている。

音楽が次第に大きくなりながら奏でられる中で、横に、前に、後ろへ、一見してすべて同時に、女性は体を揺らし始める。四肢のそれぞれの指が完全にコントロールされている。原始的な儀式にも思えるものを見ていると、まるで自分もゆっくりと立ち上がらせられたような感じがする。自分の両手を調べる。私はまだ座っている。

音楽が止む。背丈の異なる女性たちからなる集団が舞台の正面へ突進し、観客を見つめる——顔を白塗りにした原宿の少女たちのように。口の中や目尻の赤い色がはっきり見える。

音楽がフレンチキャバレーに似たものに変わる。身につけるヴィクトリアンドレスでその背の高さが強調された、四人の背の高い男性が舞台に現れる。背の高い男性のグループ、さまざまな背丈の女性のグループ、そして三上賀代が、それぞれが暗転と音楽の変化で終わる多くの場面の間に交錯し、最後にもう一度、この踊りをスタートさせた三上賀代が、ゆっくり、ゆっくりと、再び地面に身を落とす。

公演が終わった後で、私は踊り手たちがビールを飲んでいる劇場のロビーを歩き回る。三上さんに近づいていくと、その姿は舞台から降りると舞台にいる時と比べてずっと小さく見えるが、その丸顔には踊りと同様の激しさが見て取れる。

私は三上さんの両手を取り、私の名刺を渡して、身振りで写真を撮ってもいいかと尋ねる。三上さんは、快く腕を私の肩に回す。私は彼女を暖かく抱きしめ、言いたいことが相手に伝わっているかどうかわからなかったが、もう一度舞台を見るのが待ちきれないと言う。

目白台へ戻る地下鉄で、私は舞踏を日本のもののあわれ、つまり「永遠でないものの美しさ」の現代的な表現として考え始める。どちらが生でどちらか死かはわからなかったが、生から死までの、人生のプロセス全体を見ているようだった。三上さんは歩くことを学んでいたのだろうか、それとも死ぬことを学んでいたのだろうか。

お盆は日本の八月中旬の、祖先を祀る行事だ。ほとんどの日本人は、お盆の間実家へ帰る。家族は祖先の魂が家に戻って来やすいように、家に提灯を飾る。

私は日本には家族がいないために、お盆に何をしたらいいかわからない。有名なお盆のお祭りを経験するために高野山に行ったらどうかと、ＭＭ（村松増美）が勧めてくれる。

弘法大師として知られる空海が、中国への船旅から帰り、八〇六年に日本に真言仏教を伝えた。弘法大師は高野山の奥の院の御廟に祀られ、永遠に瞑想しているとされている。お盆の前の晩には、数千の信者が、奥の院を抜けて、御廟と、数千の明かり（そのうちの二本は九百年間絶えることなく灯されてきたと信じられている）で守られた、灯籠堂に至る、二キロの路にローソクの火を灯す。

私は、午後に高野山に着く。山頂の杉林の中では、日本の夏の残酷なまでの蒸し暑さもさほどまでではなく、ずっと涼しいことにほっとする。高野山にはホテルはない。木の茂った山頂の唯一の宿泊施設は、畳敷きの質素な、寺の宿坊だけだ。宿泊客は、僧侶が食べる野菜を中心とした食事である精進料理を供され，毎日の朝六時のお勤めに参加することになっている。

宿坊に荷物を置いた後で、まだ日中の明るいうちに奥の院を見ることにする。この日の午後は、玉川沿いの路を訪れるのは私だけだ。木のこずえで葉が微風にそよぐ。二十万基を超える墓に影が落ちる。

日本に来る前から、仏教徒には火葬の信仰があることを私は知っていた。だが仏教寺院の境内に墓地があることは知らなかった。火葬してしまえば、墓に何の用があるのだろうか。仏教徒の墓には死者の灰が埋葬されているとは知らなかった。

奥の院は、日本最大の墓苑である。気味の悪い場所でもある。昔からの部分には、ほとんどが陰陽のシンボルであり、光が出るように三日月型の切り込みのある巨大な石灯籠《いしどうろう》がある。こうした石灯籠が、かつての領主の墓へと続く道に並んでいる。

墓は風化し、苔むして倒れた石や、森の湿気のためにそがれた木柱からなっている。多くの場合、石や木柱には判読不能な漢字が刻まれている。石の細板の柵で守られた小さな家のような墓もいくつか通り過ぎる。入口に鳥居があるものもあり、長年の間に仏教が神道の信仰を吸収してきたことを物語っている。

他にも、矩形の石の上に球形の石が、その上に角形の石が載った、仏塔の形をした墓（五輪塔）がある。他には観音像、とがったわら傘姿の巡礼の像、子供たちを守る神である地蔵の無数の小さな像のある墓があり、これは子供の墓に見られることが多い。

墓苑の比較的新しい部分には、企業所有の墓がある。ここでは、低俗な装飾が死者にまで及んでいる。ユナイテッド・コーヒー・カンパニーの墓地には、大きな大理石のコーヒーカップがある。金属のロケットがそびえている墓もある。殺虫剤メーカーが自社の製品によって殺された昆虫を供養するために寄贈したと思われるシロアリの墓石があると聞き、探すが、見つけられない。

大師の御廟を守る灯籠堂に近づくにつれて、路はゆるい上りになる。小型のピラミッドのような巨大な仏塔型の墓を過ぎる。こうした墓石に近づくと、そこには無数のくぼみがあり、くぼみの中には無数の地蔵が安置され、よだれかけ、帽子、襟巻き、ピカチュウや私が大好きな黄色のポケモンなど、よく見られるアニメのキャラクターが刺繍されたパジャマまで、子供用の品々で不気味に飾られていることに気付く。

弘法大師の御廟への参拝を今晩のお盆の行列のために残し、私は川を渡る手前で引き返すことにする。

夕食の後で、もう一度奥の院まで歩く。墓苑に近づくと、通りは次第に混雑してくる。振り返ると、黄色の衣の僧侶たちが、燃え盛る巨大なたいまつを運んでいるのが見える。墓地の入り口に着くと、他の僧がたいまつの炎からろうそくに火を付けられるよう、僧侶たちが立ち止まる。

群衆が僧の後に従い、そこで私もそれに付き従う。整然とした行列が墓地の路に続く。子供たちが、私たちの横を走ってろうそくを配る。私が午後に訪れた時から、路の横にはアルミ箔が並べられていた。箔からは何本もの棒が突き出している。中には灯の灯ったろうそくが挿された棒もある。行列の人たちが立ち止まり始める。すでに火の付けられたろうそくから自分のろうそくに火を付け、それをまだろうそくの挿されていない棒の上に置く。このようにして、先に行く人たちが後に続く人たちの路を照らしていく。

やがて路が森のさらに奥深くに入り込むと、夜の闇も深まる。ろうそくの瞬く炎だけが、御廟への道を照らす唯一の明かりなのだ。

時々、私は路の横に置かれた台からろうそくを補充する。台の所で立ち止まり、今は数千のろうそくで照らされている下の坂路を振り返って見る。

私はもう一度立ち止まり、それから御廟への川を渡る。川の真ん中に、溺死した子供たちをしのんで何枚かの大きな板（卒塔婆）がまっすぐに立てられている。川を渡る地点には黒ずんだ石の五体の地蔵がある。川を渡る前に、それぞれの像の基部にある清めの水を像にかける習わしになっている。

私は大きな竹のひしゃくを手に取る。そしてそれぞれの地蔵に順番に水を掛ける。私の死者たちが——何年も思い出しもしなかった者たちまでが——一度に私の周りに集まる。

ボーイフレンドのアレックス、鍼師のポール、詩人のテッド・マシューズとメルビン・ディクソンは、みんなＡＩＤＳで死んだ。以前のボスでありサンフランシスコの友人で、肺がんで死んだ女優のキャシー・リーベル。両親の友人であるシビアの息子のラリィと娘のナンシー、そして幼くて死んだシビアの孫娘、シビアのフロリダの家の外で酔っ払い運転のドライバーのために交通事故で死んだラリィの妻のシンディ。

一杯ごとのひしゃくの水、地蔵への一回ごとの水掛けによって、さらに多くの死者がよみがえり、川を渡った先にある御廟へと私に同行する。

絶えることなく明かりが灯される一千の銅の灯籠が灯籠堂を取り巻いている。千年以上にわたって永遠の瞑想の中にあると言われる、弘法大師がいらっしゃる洞窟を守る、常に閉じられた門の周りの路に、長い行列が並ぶ。

弘法大師が悟りの境地に入る準備が整った時、大師は高野山に祀られるすべての者たちを共に連れて行くと信じられている。大師はそれまで、悟りに達することのできない衆生を救う未来仏になる弥勒菩薩の来迎を待っている。

これまで洞窟に入った者はいるのだろうか。入った者がいるとすれば、その人たちは一体何を見たのだろうか。

私は霊廟の周りの道をたどり、さらなる灯籠や経典を収めた建物を過ぎ、私の死者たちを後に残し、弘法大師と共に待たせて、もう一度川を渡る。

川の反対側に戻ると、ろうそくの灯る墓地はもう歩きたくない。アランが最初に日本の墓地を訪れた時の話を思い出す。青山の墓地を出た時に、肩の上に化け物が見えないかと、ヨシヒロが聞いたということを。

墓地を出る時に、私は川越しに灯籠堂の方を振り返って見る。もう死者たちを見ることはない。だが自分の完全性、一体性がいくらか増したようにも思われ、自分の過去がようやく現在に追いついたような気がする。

宿坊に戻る途中、地蔵に水を掛けた時に起こったことをどう説明すればいいのかわからなかった。これが、私が日本に来た理由なのだろうか。私の死者たちに玉川を渡らせることが。ハーンの『頭がい骨の山』の中で、がい骨について菩薩が言ったことを考えてみる。すべてが――例外なしにすべてが――お前の数十億の前世におけるお前のものだったのだ。

そして私は、自分が見た死者たちが若すぎて、早すぎる死を迎えた者たちだったことに気付く。仏教で言われるように、そうした死者たちが祖先の何らかの行いのために命を落としたのだとしても、どのような行いのためだったのか、私にはわからない。このことを信じるとすれば、私に障害があることにも、ずっと前に考えることをやめたことだが、何かの理由があったと信じなければならないのだろうか。

宿坊に戻った時、寺の宿舎の布団の上で、目の前でまだまたたき続けているろうそくの明かりのために寝付けずにいる。

私は、住職が芳一に言った言葉を思い出す。

お前が考えていたことはすべて幻だ――死者の呼び声以外は。

眠りにつく前に最後に考えたことは、死者たちの中には数えなかったイアンのことだ。だがイアンは、私の知り合いでただ一人、その晩私の所へ戻ってきた死者たち全員と親しかった。私が経験したことが、彼の一日が始まったばかりの、世界を半周した所でのことだ、ということを理解できるただ一人の人だ。

翌朝、私は五時三十分に起き、寺の本堂へ向かう。黙って座り、僧侶のリズミカルな読経に耳を傾けながら、サンフランシスコのカールストリートのビクトリア風の家に住んでいた時に、アレックスと私が一緒に瞑想していて眠り込んでしまったことを思い出す。

今朝、高野山では、目を閉じていても眠りには落ちない。そして、心に浮かぶことに驚かされる。昨晩イアンのことを考えたのは、ある意味では、自分がその時だと考える前に、私から奪われたためだろうか。

お勤めの終わりに、立ち上がって祭壇へと進み、賽銭のコインと火の付いた線香を置く。

高野山を下る前に、私は弘法大師の絵を買い、東京に帰ってからイアンに送る。

【訳注】

頭がい骨の山

日本の怪談に材をとった再話物などが収録された『霊の日本』In Ghostly Japan（1899）の冒頭作品 Fragment（破片）で、岡倉天心から聞いた話がもとになっている。

三上賀代

舞踏家。お茶の水女子大学国文科卒、同大大学院博士課程修了（学術博士、舞踊学）。学生演劇活動、新聞社勤務後、暗黒舞踏創始者・土方巽、野口体操創始者・野口三千三に師事。とりふね舞踏舎を主宰し、国内外舞踏公演多数。著書『増補改訂 器としての身體―土方巽・暗黒舞踏技法へのアプローチ』（二〇一五）ほか。

8　感染した喉と癒しの木

私は、グロテスクさを伴った舞踏の魅惑を、シュールレアリスムやアブサーディズムといった西欧の運動と関係づけて考えるようになる。そうした関係はあっても、舞踏は私にとっては依然として明確に日本的な様式だ。そして舞踏は成熟するにつれて、それが前衛的で反伝統的なものに起源を持つために、能のようなその他の伝統的な日本の芸術とのつながりを明らかにするようになる。

そして、舞踏の創始者である土方の反論にもかかわらず、舞踏の光景は、私の頭の中では、広島と長崎の原爆における日本の経験と切り離すことができない。多分ドナルド・リチーは、このことを最も適切に表現している。

　ここには消滅した文明の痛ましい標章を住民が高く掲げる、戦後の荒れ地がある……土方が描くのは世界の終わりではなく、具体的に日本の終わりだった。

舞台の前面で、土の塚を掘り下げて死体のように見えるものを見つける*和栗由紀夫の動作を、他にどう説明できるだろうか。彼は両手に死体を抱きかかえ、腕に抱える死体は見ずにずっと空を見上げて、ジョン・レノンのラブ・イズ・リアルに合わせてゆっくりと、しかし恍惚として踊る。

舞台の奥の黒いカーテンが開かれ、クリスマスの照明で飾られた小さな神社のような箱が現れる。音楽がますます大きくなると、踊り手はその仮の神社に近づくが、それはまるで自分の体を掘り出しているようだ。生きている間に自分の体が経験したすべての享楽と腐敗のために消耗し、犠牲にされた自己と語り合っているのだ。

私は障害を持つ被爆者、文字通りに原子爆弾の影響を受けた人々と話がしたい。被爆者が障害者に対する日本人の見方についての私の理解を深めるのに役立ってくれるかもしれない。被爆者の生活は、他の障害を持つ日本人と似ているのだろうか。

八月に、昨年広島で特別研究員として過ごした作家の*ラーナ・麗子・リズットにメールをする。彼女は広島のワールド・フレンドシップ・センターに連絡してはどうかと言ってくれる。センターに連絡すると、一九四五年八月六日に左脚を失った有名な被爆者の*沼田さんと、九月中旬にインタビューできるよう手配してくれる。そして私は、父親の七十歳の誕生日のために両親が日本に来る時に、広島を訪れることにする。広島の平和記念資料館に対する両親の反応をじかに知ることで、両親が戦争の「その他の」部分にどう反応するかを見てみたい。ユダヤ人として、両親はいつもホロコーストのプリズムを通してのみ戦争を見ているからだ。

だが、もう少しで広島に行かれなくなるところだった。当初の計画通りに事は運ばない。その夏の東京は、例年に比べてとても蒸し暑い。雨が降った後で湿度が上がるような所へ、私はそれまで行ったことがなかった。夏の暑さと、東京や各地での超多忙な日々とが相まって、私はそのつけを払わされる羽目になる。日本に着いて以来、ほぼ九キロも体重を落としていた。

両親が到着する三日前、私は日本の茶室に触発された展示を見るために、箱根の屋外美術館（彫刻の森美術館）にいる。うだるような暑さの中で屋外の美術館を見て歩き、いつも以上にひどく汗をかく。それは、強い真昼の日差しのせいだと考える。そして、ホテルに戻り、夕食を取って眠りにつく。

翌朝、目を覚ますと、枕から頭をほとんど上げることができない。トイレへ行って吐き始める。熱中症だろうと思う。何とか荷物をまとめ、駅へ向かうことができる。そして、東京までの一時間半の乗車になんとか耐える。そして、タクシーでアパートへ戻る。

持参した華氏体温計を見つけて、体温を測る。なんと百三度（摂氏三十九度四分）だ。家主のエイコさんのご主人が、さほど遠くない病院と提携している医者なので、エイコさんをすぐに呼ぶ。彼女は病院に電話し、午前中の診察を手配してくれる。だがそれまでに、どうやって病院に行ったらいいのだろう。

私はマサに電話する。彼は夜中まで酔っ払っていたのだが、やって来て手製のチキンスープを作ってくれる。そして、ベッドの脇に座って、小さなスプーンで飲ませてくれる。

午前中に、エイコさんとマサが私を病院へ連れて行く。熱は百四度（摂氏四十度）にまで上がっている。私は意識を失い、病室へ運ばれる。原因を調べるために血液が抜かれる。喉がたまらなく痛く、飲み込むことができない。

患者、病長引けども必ず回復す。

「どのぐらい入院するのですか？」

という、日本人の若い女医への私の質問を、マサが通訳してくれる。

「金曜日に両親がアメリカから来ます」

「原因がわかるまでにどのくらい時間がかかるかによりますが、しばらく、多分一週間ぐらい入院することになります」

と、医師は言う。

「熱が高いままで、ひどい脱水症状になっています。喉がひどい炎症を起こしているようです」

すでに水曜の午後で、ニューヨークでは火曜の夜だ。ニューヨークの空港へ着くために、朝には両親が州の北部の家を出ることがわかっている。両親が日本に着く時に、私は出迎えることができない。両親に電話して、私が大したことはないが喉の感染で入院していると伝えてもらえるよう、マサに両親の電話番号を渡す。両親が金曜の夜に東京に着く時、誰かにホテルに迎えに行ってもらうよう手配しなければならないということだ。

医師は私の治療歴を尋ねる。

「薬を飲んでいますか？」

「抗うつ剤のパキシルを」

「なぜですか？」

「うつ病と不安神経症です」

「精神科医に？」

「二十年間」

マサがこのことを通訳すると、医師が怪訝そうな顔をするのがわかる。この女医は、私がセラピーを受け続けてきたほどの長期間はおろか、一年間精神科医にかかっている人のことなど、聞いたことも考えたことさえないのだろう。

木曜日にMMが病院に来る。花を持ってきてくれる。

「花屋をやっている娘の所で買いました。これまで娘の所で買ったことはありませんでした」

と言って、ＭＭは満面の笑みを浮かべる。

ＭＭがまだ病室にいる時に、家主のエイコさんがやってくる。彼女はＭＭに深々とお辞儀をし、私を見る。そして、

「私の世代にはとても有名な方と、どうやって知り合いになったの。あなたは日本をとても楽しんでいるのね」

と言って、もう一度ＭＭにお辞儀をする。

「誰からも良くしてもらって」

「金曜の夜に、あなたのご両親をホテルに迎えに行きます」

と、ＭＭが私に言う。

「私がお二人をここへ連れて来て、ここであなたに会ってもらいましょう」

金曜日には熱は下がったが、感染症の症状はまだ続く。その晩に、両親が東京に着く。ＭＭが両親をホテルに迎えに行き、病院まで送り届けてくれる。両親が着く時には、私はマサとアランとみかと一緒にいる。

私の子供時代と青年時代の、父親の最大の関心事は、私の幸福だった。病院のベッドで友人たちが私を取り囲んでいるのを目にして、父親は緊張を和らげ、私の手を握りしめる。

「思った通りの到着にならなかったけど」

と、私は言う。

「父さんに日本を見てもらう機会ができて嬉しいよ」

二日後は、父親の誕生日だ。私はまだ点滴を受けているが、ほとんど平熱で、炎症もようやく良くなりかけている。私は、銀座の小さなレストランで特別なディナーを手配していた。このディナーは、取りやめにしたくない。

「父親の誕生日が今日で」

と、私は医師に告げる。

「銀座でディナーがあるのです」

「行けますよ」

と、医師が言ってくれる。

「点滴を外しましょう。行ってください」

その晩、私はまだ弱っていてめまいがひどい。だが医師は、私の腕に絆創膏を張ってくれる。その晩遅く病院に戻ったら、私はもう一度点滴につながれるのだ。マサが車いすの私を、病院の出口へ押していく。

MMが、銀座で私たちと落ち合う。古民家風にデザインされた小さなレストランでは、予約されていた八品コースの「雪」ディナーが出される。私は背中を壁で支え、母親が「不思議な食べ物」を食べるのを見て喜ぶ。

「これは何なの?」

と、母親はマサに尋ね続け、マサはそれぞれの料理が何なのか、忍耐強く説明してくれる。マサは、生の魚を食べたくない母親のために、すしや刺身を外すよう頼んでくれる。

ウエイトレスが、火の灯ったろうそくの付いたケーキをテーブルに持ってくる。父親の七十歳の誕生日のためにケーキを用意するよう、誰かがレストランに頼んでくれていたのだ。父親は驚き、誕生日のろうそくを吹き消すと、泣き始める。

夜遅く、私はもう一度病院のベッドで一人になる。くたくたに疲れ切っている。だが、日本にいる間に私が受けてきた親切と気遣いの一端だけでも、両親に見せる機会を持てたことが嬉しい。世界を半周した所で数カ月のうちに、私が自分の生活を何とか築いている様子を、二人に見せることができたのだ。

そして私は、友人たちの助けを借りて、アメリカとは大きく異なった環境の中で、医療面の危機を何とか乗り越えることができた。ほとんどの人たちが言うことや、ほとんどの看板に書かれていることがわからない文化の中で、何とか切り抜けることができたのには、自分の障害の経験のおかげもあるのだろうか。変化が当たり前という、障害を抱えた状況から、私は違いを超える方法を見付けることを学んできたのだろう。何といっても、生まれた時から障害を持っているために、自分のものとは違う文化の中で成長し、生きることには慣れてきたのだ。二日後に両親が京都へ向かう。マサがタクシーで病院からアパートまで、私に付き添ってくれる。

二週間の間、ほとんど外に出る元気もない。抗生物質の形が点滴から錠剤に変わった時に体中に湿疹が出たために、その服用も中断しなければならない。すでに九月の終わりで、滞在を一カ月延長してはいたが、間もなく私の日本での時間が終わることになる。十一月のみかの庭園の歌のコンサートが終われば、一週間もしないうちに、私は日本を離れるのだ。

私はコンサートのために、八編か九編の連作になると考えている詩のうち、六編をすでに書き上げていた。作曲者には、二編について作曲するだけの時間しかない。まだ顎の調子が良くないみかが、自分が歌う二つの歌に集中することができるのも、かえって好都合だ。その晩は、歌と、私の詩の朗読と、日本で詩を書くことになった経緯についての話が組み合わされたものになる。

何にもまして、私は広島で被爆者の沼田さんにインタビューをしたい。少なくとも一人の障害を持った被爆者に会わずには、私の日本での滞在が完結しないような気がする。

これまでのところ、日本の障害についての私の研究はまだまとまりがなく、未完成なままだ。全体像も見えてこない。福島先生のように活躍している人がいる一方で、障害のために仕事につくことができず、不満を抱いている人も同じ数だけいるようだ。盲目の琵琶法師の文化の中に、豊かな障害の歴史のヒントを見付けはしたが、障害を持っていたのではないかと思われるエビスを、日本の神々の複雑な神殿にうまく位置付けることはまだできていない。

日本に六カ月近くいて、私はまだ、自分の国でのように障害者として扱われず、他のガイジンと同じ扱いを受けている。日本で会った人たちにアメリカでの障害について知らせる方が、ここ日本で自分が発見したことを話すよりまだ気が楽だ。

ワールド・フレンドシップ・センターに、通訳は変わるが、私の沼田さんとのインタビューのスケジュールを再調整してもらうことができる。まだ百パーセント回復したという気分にはとてもなれないが、広島への旅に出かけることにする。


私はどういうわけか、広島を、「フィンツィ・コンティーニ家の庭」のデ・シーカ監督による映画版*（悲しみの青春）で初めて知った、あのフェラーラの町に似ていると思ってきた。自転車に乗った人たちが、広く、人気のない大通りで物売りをしているところを想像した。生き残った人たちは、まだ自分たちにはどうすることもできない戦争中の出来事の影響を受けている。そして、爆弾が落とされたのは五十七年以上前だというのに、いまだに放射能の傷跡に満ちている。

　私は沼田さんへのインタビューが予定されている前日の午後に、広島に着く。ホテルにチェックインするが、平和記念館に行くには時間が遅すぎる。私は路面電車に乗って平和公園の北側へ行く。再建されたT型の、原爆の標的だった相生橋を渡る。爆弾は標的のわずか三百メートル南の、当時は細工町と言われた繁華街にある島病院の約五百八十メートル上空で爆発し、レーダーを使わずに行われたにもかかわらず、爆撃はきわめて正確だったという。

　元安川の土手の上で、爆心地の百六十メートル北西の原爆ドームとして知られる廃墟となった建物の前に立つ。この赤レンガの建物は、もともと広島県産業奨励館として一九一五年に建てられた。戦時中、日本経済の衰退につれて、奨励館は、政府と配給事務所のために徴発された。建物の骨組みとドームは、建物の中にいた全員の命を奪った一九四五年八月六日の朝の爆発を何とか耐え抜いた。

　黄昏の中に、佐々木禎子の死をきっかけとして作られた記念碑で、折り鶴の塔としても知られる子どもたちの平和記念碑（原爆の子の像）を見つける。禎子は爆撃の時二歳だった。そして十二歳の時に白血病を発症した。入院している間に、自分が千羽の折り鶴を折ることができれば、日本の伝説にあるように、願いが叶うと禎子は考えた。その願いとは、生き続けることだった。一九五五年十月二十五日に亡くなった時、禎子が折った鶴は、六百四十四羽にまでなっていた。

禎子の同級生が千羽の鶴を折り終えた。折られた鶴は、死んだ旧友と原爆で死んだ数千の子供たちのための、この記念碑の建設に役立った。蛍光を発する一九六〇年代のサイケデリックなカツラのようにも見える、色とりどりの折り鶴のいくつもの連なりは、禎子の記念碑にも、平和公園中の他の記念の場にも残されている。この平和記念碑の中央の鐘は、金色の折り鶴の形をしている。

私は鐘を鳴らす。その響きは人気のない平和公園を抜け、何羽かの鳥を驚かし、一斉に飛び去らせる。

私は、原爆による死者の最も重要な記念碑である原爆死没者慰霊碑に向かう。慰霊碑の形は、古墳時代（紀元三〇〇年から六〇〇年）の原始的な住居を連想させる。その放物線状のドームは歴史時代以前の日本の墓に見られる、死後の生活に役立つと思われる物をかたどった埴輪を思わせる。

忘れられないほど静かな公園を歩きながら、私は二本の川の間にあるこの島の、かつて賑わった細工町当時の様子を想像しようとする。

翌日、私は平和記念博物館のすぐ西の国際会議場で、沼田さんにインタビューする。この時は、マリコが通訳をしてくれる。私は、沼田さんの被爆者としての物語りを聞きたいだけでなく、彼女の障害が、戦後の生活にどのように影響したかについても話を聞きたい。

「私は軍国少女でした」

と、沼田さんは語り始める。

「日本は戦争に勝つと信じていて、日本が戦争に勝つために何でもするつもりでした」

彼女は、昨日の午後に平和公園を歩いて詳しくなった市の地図を私に見せてくれる。地図上で爆心地が丸く囲まれている。やはり丸く囲まれているのが、原爆が爆発した一九四五年八月六日の午前八時十五分に沼田さんが働いていた、接収されていた学校だ。前の晩に、B29爆撃機の接近を警告するためのサイレンが鳴ったが、朝には空襲警報が解除された。再び安全に外出することができるはずだった。

「B29さんがなぜ広島を爆撃しないのか、私たちはいつも不思議に思っていました」

と、彼女は言う。

「爆撃を待ち続けていたのです」

建物が崩壊した時、梁が彼女の上に落ちた。

「私は気を失ったに違いありません。何も覚えていないのです。次に記憶にあるのは、母親の声を聴いたことです。母親は私を探しに来ていて、建物の梁を娘から取り除くのを手伝ってくれる人を、なんとか見つけることができたのでした。そのようにして、私は足を失ったのです。私は長いこと学校で教えてきました。退職した後で、数年前に、ようやく自分が障害者だということを自覚し、年配の障害者の女性グループを立ち上げました。あの人たちと一緒になって初めて、私はもう一度訴えることができるのだ、ということに気付いたのです」

私は、障害のある被爆者と具体的な話がしたいと思ったが、沼田さんが障害者であることに触れたのはこの一度だけだ。まるで原爆の経験が、そして被爆者であることが、彼女にとってはすべてであり、障害者であることのアイデンティティは、ほとんど顧みられることはないようだ。

一九四五年八月六日とその後の日々についての沼田さんの話は、広島への旅行の準備のために読んだ他の人の話と変わらない。だが、爆弾が落とされた約一年後に、何かが沼田さんに起こった。

「私は希望をなくしました」

と、沼田さんは告白する。

「そしてある日、私は川のそばにいて、この木を見たのです――昼食の後でそれを見にお連れします。ここでの話が終わったら昼食にお連れしたいのです――そして、この木が爆発で死んだものだったことに気付いたのです。木はまだ黒く焦げていましたが、小さな枝が伸びかけているのに気付いたのです。木は生き返る方法を、何とか見つけていたのです。そして私は、この木にできるなら私にもできる、と思ったのです。私は何度もこの木を見に来ました。平和公園が建設された時、誰もがもっと簡単に見られるように、この木が移植されたのです」

私は、博物館のロビーの外の小さなカフェへと、沼田さんとマリコについて行く。沼田さんが窓を指さす。

「あれがその木です。昼食の後で行きましょう」

昼食の間に多くの人々が立ち止まって、沼田さんとマリコに挨拶する。マリコが私たちのテーブルに近づいてきた女性に話しかける。女性は私の方を向き、

「ケニーさんね。びっくりしたわ。ケイコです。私があなたの通訳をするはずだったけど、あなたが九月に病気になりました。私たちはメールで連絡したことがありますよ。あなたが広島に来ることができて嬉しいです」

と言う。

ケイコさんは昼食の残りの時間、私たちの話に加わってくれる。沼田さんの話に出てきた木を見るために私たちと一緒に外へ出る時、ケイコさんが足を引きずっているのに気付く。私同様、片方の脚がもう一方より短い。

「記念館は見られましたか？」

と、彼女が聞く。

「まだです。午後に行くつもりです」

「ご案内させてください」

昼食の後、私たちは沼田さんの細い枝の木の下で写真を撮る。沼田さんの話がなければ、その木も普通の木としか思われないだろう。これは実際に沼田さんが川の土手で見た木、彼女に生きる元気を与えてくれた木なのだろうか。決して歩かないはずだった私が、二つのギプス包帯を付けて歩くことを学んだという、私の子供時代について我が家で語り継がれてきた神話のことが思い出され、先程話を聞いていた時よりも沼田さんのことが身近に感じられる。そして、記念館のそばに植えられた木が、やはり沼田さんの木でなければならないことを理解する。

私は沼田さんとマリコさんに、伝統的なお礼としてのお土産を手渡す。私たちは何度も何度もお辞儀し、さらにお辞儀を続けて、ようやく分かれる。

私はケイコさんについて記念館に入る。彼女は原爆の標的になることにつながった広島の歴史について話してくれる。一八九五年には、日清戦争の間、大日本帝国軍の最高統帥機関である大本営が広島に移された。広島は、海外に出る軍隊の船積み地点になった。ますます多くの軍事施設が建設された。

私は軍国少女でした。

今では聞き慣れた物語が再び語られる。晴れた、雲一つない月曜日の朝。町の防火帯を作るための動員。工場で働く、動員された中学生。三年生の田舎への疎開。前夜の午前零時二十五分の空襲警報。午前二時十分の警報解除。午前七時九分の再度の警報、午前七時三十一分の解除。「皮肉」にも、広島がそれまで空襲の標的になっていなかったのは、何の被害も被っていない都市に対する原爆の効果を知りたいと、アメリカが考えたためだったことが、この時に「明らかになった」。投下の理由の一つは、原爆のコストだ。それだけの金をかけた以上、何らかの形で使われなくてはならなかったのだ。午前八時十五分の爆弾の爆発。そして、きのこ雲が……

記念館の第二のスペースは、爆弾の影響を示すもので溢れている。爆心地から六百メートルの所にいた、勤労動員された生徒のものだった焼けた弁当箱、銀行の石の階段に焼き付けられた人間の影。爆心地から遠く離れた地域をも汚染する、大量の放射性のすすとほこりを含む黒い雨の染みついた白壁。黒焦げになった子供の三輪車の骨組み。午前八時十五分で止まっている懐中時計のひび割れた文字盤などだ。

放射能による出生異常を中心に扱う部分では、ワシントンDCのホロコースト博物館でナチの障害者抹殺の展示の前に立った時と同じように、自分自身の問題として強く意識させられる。放射能が、人体の細胞にどのように影響するかについての非常に多くの事実を、私はいまだに整理することができない。自分はX線によってどのぐらいの量の放射能に被爆してきたのか、と考えてしまう。ケイコさんが足を引きずっていることについても考える。

最後の展示物の前を離れる時に、

「他に約束があるので」

と、ケイコさんが言う。

「今日の午後は、大変ありがとうございました。お会いする機会が持ててとても嬉しいです。何という偶然だったことでしょう」

私がお別れのお辞儀をすると、

「広島では、平和運動をしている人たちはみな知合いです」

と、ケイコさんが言う。

ミュージアムショップで、沼田さんの本の英語版が入手できるか聞くが、カウンターの後ろの女性に、言いたいことが伝わっているかどうか自信がない。沼田さんの本は見つからない。代わりに、他の本とハガキを買う。

自分がもう一度平和公園にいるのに気付いた時はもう夕暮れ近かった。私はホテルへ戻るための路面電車に向かって歩く。そして、もう一度原爆ドームの前で立ち止まる。広島を体験した後では、今はこの廃墟を、破壊と同じぐらいに再建を記念する建造物だと考えるようになる。

ホテルに戻ると、体も心も疲れ切っている。私はその日の印象を整理する。感覚をマヒさせるような客観的な数字、

摂氏百万度、爆発時のエネルギーのうち熱線として放出される三十五パーセント、放射能としての十五パーセント（五パーセントの当初の放射能、十パーセントの残留放射能）、広島の人口、三十五万人の内十四万人が死んだ。

も、新しい言葉（爆心地、慰霊碑、ケロイド）も、昔の日付（一九四五年七月十六日、一九四五年八月六日）も、日本で起こったことをうまく語ることはできない。

沼田さんの物語は、攻撃者の物語から犠牲者の物語へ、犠牲者の物語から生存者の物語へと変わっていく。彼女の物語には、多くの罪悪感と純真さの両方と、同時に同じだけ多くの恥ずかしさと誇りが込められている。だが、沼田さんの語りは固定され、閉じられているように思える。実際には彼女の木ではないかもしれない、彼女の木の物語さえ、用意されたもののように見えてならない。もっと質問していたとしても、自分には彼女の物語を中断させたり、妨げたりできないことはわかっている。

広島でだけでなく私の日本滞在全体を通して、非常に感動的ではあっても、見たところ不完全なこうした物語をつなげ合せる方法を見付けるにはどうしたらいいのだろうか。私が見落としているのは何なのか。そうした物語をつなげ合せるものは見つからないままだ。

【訳註】

和栗由紀夫（一九五二〜二〇一七）

戦後の日本が生んだ独特の舞踊ジャンルとして国際的に評価されている「舞踏」の創始者、土方巽直系の舞踏家。七二年に土方巽に師事してから、二十五年以上の舞踏暦をもつ。師没後、数年間の海外での公演活動を経て、九〇年より自らのグループ「和栗由紀夫＋好善社」を主宰。

ラーナ・麗子・リズット

作家。戦争のため米国を離れ、広島で被爆した日系アメリカ人女性を描いた小説執筆のため、二〇〇一年に六ヶ月間広島に滞在。

沼田鈴子（一九二三〜二〇一一）

日本の平和運動家。広島市への原子爆弾投下での被爆者の一人。被爆により左脚を失い絶望に陥ったところを、被爆アオギリを見て生きる希望を取りもどし、切断障害を抱えた身でありながら被爆体験証言活動と平和運動に心血を注いだ。

悲しみの青春

ヴィットリオ・デ・シーカ監督による一九七〇年のイタリア映画。出演はリノ・カポリッチオ、ドミニク・サンダ、ヘルムート・バーガーらであり、ジョルジョ・バッサーニの小説『フィンツィ・コンティーニ家の庭』を原作としている。

9　丘を借りる

*『ある保守主義者』という作品の中でラフカディオ・ハーンは、封建世界の「外国人がかつて訪れたことのない」田舎町で、「若い侍が格別に心優しく、純真に育つであろう古き日本の素朴な田舎の生活の中で」、侍の息子として育って壮年に達した男の生涯を追いかけている。だが、コモドア・ペリーの黒船の来航によって、すべての状況が変わる。彼は、イギリス人の教師から英語を学び、彼を新約聖書に引き合わせた宣教師とも会う。そしてキリスト教に改宗し、ヨーロッパに旅することとなる。

旅の中で彼は、自分が目にするものすべてに驚かされる。

あの世界には信頼はなかった。模倣と、なりすましと、快楽を求める身勝手さの世界だった……外国の文明は彼に、それに接することがなければ決して理解しなかったほどに、自らの価値と美しさを理解することを教えてくれた。

ハーンはロンドンとアメリカで、一連の講演をするよう招待を受けた。だが彼は、西欧へは決して戻らなかった。そして一九〇四年九月二十六日に、東京で、心不全で死んだ。享年五十四歳だった。

日本では、

「日本で障害者であるということはどんな感じですか？」

と、よく聞かれる。

「その質問には答えられません」

というのが、私の通常の答えになってきた。

「私は日本人ではありません。障害者の障害は一人一人違います。私が語ることができるのは、障害を持つガイジン、固有の障害のある西欧人としての経験についてだけです」

だが、話の中でどう答えようと、この質問は私を追いかけ続ける。

日本で障害者であるということは、どんな感じですか？

日本に六カ月いるようになって、私にようやくこの質問について答えるためのエピソードができる。

温泉では、子供用の浴衣は私にはあまりにも小さすぎる。一番小さな大人用の浴衣でも、短くなっている私の脚には長すぎる。浴衣の帯をどのように結んでも、夕食や浴室への行き帰りにつまずいてしまう。もっと厄介なのは、私は物を、自分の靴ひもでさえ、うまく結べたためしがないということだ。浴衣がはだけて、私の裸の体が、誰であれ、一緒に食事をしている人や、たまたま通りかかった人に見えてしまうかもしれない。

ある十月遅くの午後、標高の高い日本アルプスの温泉で、家族風呂を出た後で、つまずいたり、部屋へ戻る途中で突然自分が裸であることに気付いたりしないよう、私は自分の浴衣を整える。その時、孫だろうと思われる小さな子供を二人連れた年配の日本人女性が私に近づく。そして、何も言わずに——多分、私が日本語をあまりわからないだろうと思って、それに、もし英語を話せたとしても、彼女の世代の女性は裸のガイジンに英語を話すには内気すぎる——女性は私の浴衣をグイと引き上げ、浴衣を私の体に合った大きさに調節し、帯の下で浴衣がはだけないように、帯を結んで見せてくれる。

その間に、年配の女性は、私が気付くのと同時に、私がうっかり浴衣を裏返しに着ていたことにも気付く。私たちは笑い合う。

私が大いに感謝して深くお辞儀しながら、「ドオモアリガトウゴザイマシタ」と繰り返し言うと、女性は孫たちの方へ帰っていく。

部屋に戻る間、私は浴衣につまずくことはない。浴衣は着崩れすることなく、帯の下できつく結ばれている。私にとっては、これが日本で障害のあるガイジンでいて感じることなのだ。

「あなたはどうして日本を離れるのですか？」と、庭園の歌の最初の二編が歌われる、十一月の初演の聴衆の一人から尋ねられる。

簡単な答えは、助成が終わるためというものだ。だが厳密には、助成は一カ月前にすでに終わっている。私は、当初の予定より長く滞在していたのだ。

すでにお金も尽きている。だが私は日本に留まることができたし、まだこの十年教えてきた学部のライティングのプログラムで教えている。毎年二週間だけキャンパスにいればいいのだ。残りの期間はメールで学生を教える。そして今は、日本で多くの人々と知り合いになった。多分、東京で授業の収入を補う仕事を何か見付けられるだろう。

ダーウィンの本を完成させなければならない。この方が、もっと真実に近い答えかもしれない。私はまだ日本で、過剰な刺激を受けている。庭園の詩を書き、それについて話しただけで、日本ではダーウィンについては一行も書いていない。

イアンとの関係についてもはっきりさせなければならない。なぜか、まだ終わったという感じがしないのだ。

多分尋ねるべき質問は、なぜ留まるのかというものだろう。

研究は行き詰まってばかりだ。完了しないままのことが多すぎる。

〔心正しければ、願い事、後に叶う。

浅草寺でこのおみくじを受け取ってから六カ月しても、イアンに日本に来てほしい、という願いはまだ叶えられていない。きっと私はまだ、「正しい心」を持てずにいるのだろう。修学院離宮の上段の庭園の眺めが、見る者に与える効果を最大にするために、継ぎ目のない一体のものとして見えるまで出現を遅らされていた、ということが思い出される。どうも、なぜかはわからないが、私には全体像を見るための準備ができていないに違いない。

出発前の二週間は、コンサートのリハーサルでスケジュールが埋まっている。コンサートが近づくと、緊張がますます高まって落ち着かなくなる。この数年、人前に出る前に緊張することはなかった。だが今は、まるで自分が日本滞在中に感じたすべての感情が蘇ってきて、溢れ出てくるような感じだ。歌になった詩についての話を準備しなければならないことはわかっている。自分の他の経験について話をしなければいけないこともわかっている。だがそれを、どのように話せばいいのか？

日本への到着直後、新しい経験のあまりの多さに圧倒され、自分が見て、感じていたものすべてを、理解することができなくなっていたことは確かだ。目の前のものを一つ一つ経験するしかなかった。自分には理由を問えないことはわかっていた。

これらの新しい経験の中で、二つのものが繰り返し現れてきている。それは、みかの声と明治神宮のアヤメだ。障害を持つ日本人について学ぶために、私は日本に来なければならなかった。だが日本の庭園で過ごす時間が長くなり、気が付けば、障害についてではなく、日本の庭園について書いている自分がいた。

表面的には、こうした詩は、花、茶室、石、橋など、自分が見たものについて、語っているように見えるかもしれない。だが今、日本での滞在が終わろうとしている時、自分が実際に書いていたのは、庭園の中にある世界だったことに気付く。それは、変化してやまない、死すべきものの世界に生きるとはどういうことかを、見せてくれる小宇宙だ。そして、自分が死すべきものの世界で生を生きているのだということは、多分、障害を抱えて生きる経験から学ぶ最大の教訓だろう。

もののあわれ。変化以上に持続する——別の言い方をすれば、動き続けているものはない。みかに最初に詩を渡した時に言ったように、あの詩を書き始めた時には、わざとらしい「東洋趣味」が過剰なようで恥ずかしかった。だが、あなたの理解の仕方は、私に自分の文化を違う目で見させてくれるわ。ここで見て、経験するものに対して、あなたが興奮する姿は魅力的よ、というみかの励ましが、私を前進させ続けてくれた。私はすぐに、自分が書いていたものが、十二年前に、HIV陽性のボーイフレンドのアレックスについて書いた詩に、どことなく似て見えることに気付く。

私が日本で書いた詩が、最初に詩を書き始めた場所と時間へと私を導く。形式についてだけでなく、内容についても。自分の昔の詩で他の人の言葉を借りることについて書いたのとまさに同じように、今、庭園についての詩では、私は中国の古詩からだけでなく、日本の風景からも借りている。歌の詠み手が庭園の小さな流れの岸に座り、近くに浮かぶ酒の盃の前で、和歌をしたためている、平安時代の和歌の宴を、私の詩は連想させる。毎日の生活をもっと明確に生きるために、借景を用いて、日本を——その歴史、芸術、文化、その庭園に明示されたすべてを借りて人生を見ることを、私は学び続けてきたのだ。

だが、明確さが何なのかはわからない。私はさらに問い続ける。

みかは正しかったのだろうか？　*私の書いた詩は歌なのだろうか。そして、もしそうなら、私の英詩が日本の音楽に重ねられた時に、どのように響くのだろうか。音楽は、私の英詩の内容を、日本人の聴衆に理解してもらうのに役立つだろうか。これらの歌は、アランがヨシヒロとの関係を話す時に言った、異なった文化の間の共通の空間に、私とマサとの関係では決して生まれることのなかった空間になり得るのだろうか。

コンサート前の数日、私は自問し続ける。私は日本で、なぜこんなに心地いいのだろう。なぜ東京は、こんなに短い滞在でしかないのに、非常に多くの点でわが家のように思えるのだろうか。

アパートのそばの江戸川べりを夜歩いてもう一度、日本に来る前に、東京の夜はどんなだろうかと、一人でやっていけるだろうかと不安に思ったことを思い返す。コンピュータでＤＶＤを見ることは一度もなかった。日本に来てから、一人で過ごした夜は、片手で数えられるぐらいでしかない。

江戸川が下流に向かってとてもゆっくりと流れていくのを見ていて、日本では私の体が、出会った人たちによって、会ったばかりのマサが私に対して言ったように、「肉体的事実」として扱われたために、私もそうすることを学んできたことに気付く。

なにもかもがこんなに簡単でいいのだろうか、という気もする。日本でくつろいだ気持ちでいられる理由は、それほど明確ではない。日本文化の中の何かが、私を受け入れてくれる。どのようにしてか、日本で時間を過ごしたことで、私は自分が長い間いることのできなかった場所に連れ戻されたのだ。多くの日本の庭園では、訪れる人が、入り口からさまざまな曲折を経て初めの場所へと導かれる。同じように、私の日本との出会いが、まるで庭園自体のように、その中に全世界を包み込んでいるように見える生活に、私を立ち戻らせたのだ。

お別れの午後のお茶のためにエイコさんの家に招待された時、

「あなたがなぜここでそんなに楽しんできたのか、私にはわかるような気がするわ」

と言われる。

「ここでみんながあなたを好きなのは、アメリカからの西欧人に会うと、私たちは普通、受け入れられるために自分が変わらなければならない、自分と違う人になろうと考えてしまうの。けれど、あなたとだと、そのままの自分でいられるからなの」

私はエイコさんに、贈り物のイラストの芭蕉の本のお礼を言う。そしてとうとう、このアパートに越してきてからずっと聞きたかったことを尋ねてみる。

「商店街にずっと座っている、江戸時代の人のように見える高齢の二人の女性はどういう人ですか？」

エイコさんは笑う。

「おかしいわよね」

エイコさんの話はこれで終わりなのだろうか。私はお茶をすする。

「二人は、この一画全部を持っているの」

と、彼女は続ける。

「この辺りで一番の金持ちなのよ。銀行へ行くと、皇后さまのように迎えられるわ」

「冗談でしょう。二人の家は近所で一番ひどいように見えます」

「でも、本当の話よ」

出発の前日、私は再度浅草寺を訪れる。浅草寺で六カ月前に最初に受け取ったおみくじは、四十八番の小吉だった。そのおみくじは、持っているべきか他のおみくじと一緒に枝に結び付けるべきかわからずに、持ったままにしていた。

今度は二十八番の凶を引いてしまう。

急いでいても川を渡る船はない。敢えて漕ぎ出せば、船は高波にのまれる。

前進はできず故郷へ帰らなければならない。家へ着けば危機に会うことはなく、心は平安だ。

・願い事かなわず　・患者治りがたく、時間を要す　・失せ物現れず　・待ち人は来るが遅れる　・新築、引っ越し共に悪し

今回は、その白い紙片を無数の他のおみくじと一緒に、何のためかはわからないまま、木の枝の空いた場所に結び付け、そこに置いておくことにする。

出発の朝、私は携帯電話サービスを止めに行く。これは携帯電話ショップでやらなければな

らない。ひとたび店を出れば、もう携帯電話は使えない。

途中でＭＭが電話をかけてきて、さよならを言ってくれる。

「あなたは私がこの携帯で話す最後の人です」

と、私はＭＭに言う。

店を出ると、携帯電話を持ち歩いていないことに不安になる。

近くの商店街を歩いていくと、例の二人の江戸時代のような格好の年配の女性の姿が見える。いつものように自分たちの家の外に座っている。あまり近づきすぎないうちに、私はカメラを取り出して二人の写真を撮る。写真を印刷してエイコさんに送ってあげよう。

「この辺りで一番の金持ち姉妹」

と、写真の裏に書いておこう。

角でローストチキンの胸肉とポテトコロッケを売っている男性店員を相手に、さよならを言う練習をする。自分の言おうとする言葉の準備ができると、私は、男性が今日の食品を並べているカウンターに行く。

「キョウ カエリマス ニアメリカ」

と、私は言う。

「ドモ アリガト ゴザイマシタ」

そして、お礼のお辞儀をする。

私は商店街からアパートまでの短い距離を歩く。エイコさんが外にいる。「タクシーが数分で来ますよ」と彼女は言う。

私はアパートのドアを開ける。玄関の段の上に私の荷物があり、出掛ける準備はすべて整っている。

タクシーのドアの所で、私はエイコさんに感謝し、さよならを言う。彼女は数歩タクシーの後を追う。

タクシーは私を新宿まで連れて行き、そこで私は空港行の成田エキスプレスに乗る前に、みかさんと会う。私は浅草寺に昨日もう一度行った時にもらった凶のおみくじのことを話す。

みかは笑う。

「なぜ笑うのですか」

「おみくじはお寺に置いてきたの？」

「ちゃんと置いてきました。でも、ノートに書き留めてあります」

みかは、また笑う。

「凶のおみくじは、あとは運が上向くしかないということなの」

「あなたがいなくなると寂しくなります」

「二月に会えるわ」
と彼女は言い、彼女が庭園の歌を歌いにニューヨークに来ることを思い出させる。
「たちたくありません」
「大丈夫、戻って来るためには、たたなくてはいけないの」

【訳註】

或る保守主義者
ハーンの来日第三作『心』に収められ、福井藩の出身であり、晩年に小泉八雲の親友となった雨森信成《あめのもりのぶしげ》（一八五八〜一九〇六）がモデルとなっている。

私の書いた詩　一例を挙げる（試訳：きむら みか）

Kikugetsutei, Ritsurin Koen
Borrow the hills. The algae-filled pond
is the sea; three stones
its islands. To recreate the world, first
take it apart.
Swallowed in green, the water scooped
in your hands is the moon.

菊月亭 ——栗林公園——
丘並みを借景する。藻でいっぱいの池は
海。石が三つ
それは島々。世界を再創造するために、
まず解体する。
藻の緑に呑まれ 水 掬う
両手に宿る月

Ⅱ　遠く離れて

1　宣告の前

日本に住んだことのある友人から、

「いくら沢山の仏像を持ち帰っても、西欧では日本でと同じ生活はできないよ」

と、言われたことがある。

友人からそう言われても、私はそれでもやってみようとする。

東京で暮らした後では、小さな大学町のノーザンプトンで一人暮らしはしたくない。親友たちの近くにいたい。見ることのできる日本の映画は、すべて映画館かＤＶＤで見るし、日本社会での出来事を常にチェックしている。お気に入りの日本食の一つの、たっぷりの油で揚げたポークカツであるトンカツを食べられる場所をミッドタウンに見つけ、冬だというのに冷蔵庫には日本の冷たい麦茶を絶やさない。

イアンと私は、ＢＡＭ（ブルックリン音楽アカデミー）の会員になっていて、イアンがニューヨークへ来る時にほぼ毎月二人で会うことができる。私がイアンに会いにワシントンＤＣに行くと、彼は、私が日本から送ったハガキや贈り物を全部見せてくれる。

私は、日本についてのあらゆることでイアンを楽しませ続けている。イアンとは、毎日電話で話をする関係に戻っていて、どちらも生活の中で代わりの相手を見付けられずにいた。しかし、二人は今、別々の市に住んでいる。もし二人が、どういう意味であれ「一緒」に戻るとしたら、それには実際面と感情面の両方で、解決しなければならない多くの問題があることは確かだ。二人の関係が初めから今のようなものだったらよかったのだろうか。

ブレンダと私が、ウエストビレッジのカフェで会った時、東京でのボーイフレンドのタカが、ブレンダとアメリカで一緒に暮らせるようにビザを取ろうとしていると、ブレンダは言う。私たちは五時間も話し続ける――「日本、日本、日本」と。イアンをブレンダに紹介すると、イアンは、今度はブレンダに質問し続ける。私が説明できないことを説明してもらいたいと思ってのことだ。ブレンダが満足のいく説明を思いつかない時には、私が気難しいわけではないことをイアンはわかってくれる。日本については、特に西欧の視点からは、説明できないことがとても多い。

「経験しないと無理ね」

と、ブレンダはイアンに言う。

イアンは、私が日本を「美化」しているのではないかとまだ疑ってはいたが、私が伝えたものに対して明らかに親近感を持ち始める。私が読んだ本を紹介すると、彼も私と同じ感想を述べる。私が賞賛する日本の芸術作品、特に光琳の屏風の本を彼のために見つけてやると、彼も私と同じように興奮する。

　イアンの誕生日に、私は光悦の書の本を贈る。

「あの本を最初に見た時には、現代のものを贈ってくれたのかと思った」

と、イアンは言う。

「日本人は十世紀の間、ずっと現代的だったんだ」

と、フランスの作家アンリ・ミショーの言葉を引いて、私は答えてみせる。

「驚かされるのは日本人が、その文化のように、どのようにしてか、一つの枠組みの中に両極端を入れ込むことができるという点なんだ。そうでなかったらどうして、一つの文化が低俗な作品と傑作の両方を生み出すことができるんだ」


　イアンが、みかのコンサートのためにニューヨークへ来てくれる。みかが歌い出した瞬間に、イアンは私の腕をつかみ、爪を私の肌に食い込ませる。ずっと喉に問題を抱えていても、みかの歌声は、日本で聞いた時と同じように豊かだ。

　最初の曲が終わると、私はイアンの方を向き、「言った通りだろう」とささやく。

　曲と曲の間に、中年の日本人女性が私の所へ来る。

「私はＭＭの友人で、元の生徒です。ニュージャージーに住んでいて、ＭＭから代わりに今日ここへ来るように頼まれました。ＭＭの友人で作家のあなたのことはいろいろお聞きしていて、お会いできて嬉しいです」

コンサートの後のレセプションで、広島へ行く前に連絡した作家のラーナ・麗子・リズットに初めて会う。数日後、麗子と私は、トンカツレストランで会う。そして、ブレンダの時と同じように、二人は日本について、話し、話し、話しまくる。日本で過ごした時間によって、多くの点で、麗子の生活は私以上に劇的に変わったという。

日本から帰った後で、麗子は夫と別れた。夫妻は、高校時代から一緒だった。離婚は、当時四歳と六歳の二人の息子がいたために簡単ではなかった。だが麗子は、私のように、日本で過ごすうちに、自分の新しい部分と、新しい生き方を見つけていた。彼女はこのことを、ネオン輝くポストモダン文化の中心地東京ではなく、ずっと静かな、地方の広島で経験していた。このことは自分の日本での経験が、イアンが言うような「現実離れしたもの」ではないことを確信させてくれる。

昼食の時に、麗子は、広島で会った大勢の女性について話してくれる。女性が独立して生き、妻と母親としての役割とは別に、生活の喜びを見つけることが簡単ではない日本では、高い教育を受けた知的な女性たちが、自分の生き方を見つけることは難しかったという。

「私がアメリカにいて感じるようなことです。自分の国ではどうしたら満足のいく生活ができるか、私にはわかりません」

と、私は言う。

「日本にいる時の方が、自分一人で物事を考え、処理するのが簡単だとは思ってもみませんでした」

「日本人の友人の考え方は、私がなじんでいた考え方とはとても違っていました」

と麗子は、二人が地下鉄の階段を下りている時に言う。

「物事を比べて、いろいろな時や、いろいろな場面から学んだ考えを取り入れるように私が求めると、友人たちは困ってしまいました。私はいつもなぜかと尋ねていて、質問の意味がわかってもらえませんでした」

私たちが会話を終えるまでに、何本もの電車をやり過ごした。ようやく私たちは別れる。私はアップタウンへ、麗子はブルックリンへ向かって。

家へ帰る途中で、東京の小さなアパートに帰る時に感じたのに似た興奮に満たされる。麗子と私が日本について語れば語るほど、自分が感じた経験が自分だけのものではないという思いが強まり、自分が日本で生き方を見付けなければならなかったのだということが、ますますよく分ってくる。

私は日本に戻るために、フルブライト奨学金を申請する。それが認められるかどうかがわかるのは、何か月も先のことになる。十年前には自分でも考えられなかったほどの自信を持って、日本でこのテーマについていろいろと話し合ったことで深まった自信を持って、私は障害研究コースを教えている。コースの中で、障害が西欧の文化の中でどのように表現されてきたかを学生に教えていて、日本で探していたものの一部を見付けはしたが、日本の文化の中で障害がどのように見られているかを、もっと発見したいと、自分が今も考えていることがわかる。

授業からアパートまでのニューヨーク市の地下鉄の短い乗車の間に、私は学生の作品を読む。電車がきしみ音をあげて止まる。目を上げると、駅ではなく、駅と駅との間で止まっている。電車の明かりがチカチカする。東京の地下鉄では、言葉が十分に分らないために、広告も読めないし、何を聞いてもほとんど理解できなかった。よく慣れた場所に戻っても、私は同じように周りのことに関心を持てないし、よく分らない。

降車駅に着き、忘れ物がないことを確認する。回転式改札口に着くと、つい前ポケットを探って財布を探してしまう。そして、ニューヨークの地下鉄――子供時代から乗ってきた地下鉄、地図も見ずに目的地に着ける地下鉄では、日本と違って駅を出るのに切符がいらないということに気付く。

私はアパートのドアを開ける。日本にたつ前は、イアン無しでは、自分が慣れ親しんだ場所とはまったく違う場所で、どのように孤独に立ち向かったらいいのか不安だった。これはまったくの杞憂にすぎなかった。だが今は、もう縁を切ったと思っていたようなやり方で、自分自身を疑っている。故郷だと思うべき場所で、どうしたら満足のいく生活を独力で作り上げていけるのだろうか。いつも忙しくしていて、親友たちの間にいるニューヨーク市で、なぜこんなに一人ぼっちだと感じるのだろうか。

日本では、心理学的分析はやめていた。西欧で慣れてきたような方法では人々を理解しないように努めてきた。私はあらゆる種類の人たちと仲良くなり、彼らが一定のやり方で行動したり、しなかったりする理由について、くよくよ悩んだりせずに、あるがままの自分でいてもらうようにした。注意を払ってさえいれば十分だった。観察してさえいれば。承知してさえいれば。

今まで、ニューヨークにいる間には、同一の男性と三回以上連続してデイトすることができなかった。どれも満足のいくロマンチックな関係といったようなものには発展しなかった。

東京では、長期的な関係と言えるものはなかった。東京でのすべての夜をゲイバーで過ごし、私は自分のことを、ベルリン時代の*クリストファー・イシャーウッドになぞらえた。友人と会い、話をし、でなければバーでの交流の観察を興味深いと感じるだけだった。誰が誰とバーを出ていくだろうか。夜、終電車の前に帰るのは誰だろうか。バーのクローズまでいて、多分残りの夜を、朝の始発電車を待って、インターネットカフェで過ごすのは誰だろうか。

だが今ニューヨークでは、バーに行く気にもならない。パートナーがいないことの目新しさが徐々に薄れてきている。

ある晩遅く、また別の男性の家のドアを閉めると、今まで眠っていた昔の考えと感覚が蘇ってくる。自分自身と自分の体について感じていた明確さが、なじみの深い環境の中でたちまちあいまいになっていた。もう一度、私は心理学的分析をしている。結局自分は西欧人なのだ。まるで、障害を持っている自分が、実際に男性を引き付けることができるかどうか悩み、その答えを出そうとしていた二十代初めに、自分がもう一度戻ったかのようだ。明らかに、私にはできる。だが一人を引き付けるとその途端に、何度も何度も、自分自身に証明したと思ったばかりのことをもう一度証明するために、別の男性が必要になる。

少なくとも今は、もっと若かった時にやったように、このために不健全な関係にのめり込むことだけはない。なりたくないと思っている誰かに、自分がなろうとしている。他の考えが取って代わるまで、そう考えて自分を静めようとする。

ＭＭ（村松増美）がニューヨーク市にやって来る。州の北部からＭＭに会いに来る両親も交えて、私たちは昼食をとる。ＭＭは、生粋のブルックリン育ちのユダヤ人の母に、マリリン・モンローに似ているという。

ＭＭはユダヤ博物館で、エンタテインメントに対するユダヤ人の影響についての展示を見たいと言う。自分のものとは違う文化についての彼のあふれるばかりの好奇心が、私が日本を恋しいと思う気持と重なる。

アメリカからの帰国直後に、ＭＭが発作を起こしたという、日本からの知らせを受け取る。入院し、回復してきてはいるが、まだ話すことができないと。ＭＭにメールを書きたい気持ちは山々だが、ＭＭはもうメールを使わないと言われる。ＭＭについての新しいニュースがないか知るために、私は数日おきに日本英語交流連盟の女性と連絡を取り合う。ようやくこの女性が、ＭＭがいくらかよくなってきていると教えてくれる。ＭＭは帰宅しているが、一週間のうち三日をリハビリテーションセンターで過ごしているという。このためにＭＭの妻にとっては対応が楽になる。彼は日本語と英語の両方で、自分に言われたことがわかるが、筋の通った言葉はほとんど話せないらしい。

人生のすべてを障害を抱えて生きてきた私だが、ＭＭが抱いているに違いない喪失感を経験したことはまだない。ただＭＭのいらだたしさが、想像できるだけだ。ＭＭの生涯は、コミュニケーションの上に作られてきたものだからだ。

三月のある日、私が授業から家に戻ると、左上の隅にフルブライトの徽章の印刷された封筒が届いている。アパートの建物のロビーに立って、私は恐る恐る封筒を開く。そして素早く手紙を読む。フルブライト奨学金が受けられることになったのだ。

これで再び、活動の焦点が定まり、目標を持つことができる。これで、日本で始めた仕事を完成させる機会が得られる。今度は全体像をつかめるだろうか。ものごとを継ぎ目のない全体として見ることができるだろうか。今度は日本で、見る必要のあることを見るための、「正しい心」でいられるだろうか。次の浅草寺のおみくじはどんなものになるのだろうか。日本へ戻る前にしなければならないすべてを考えると、考えがどんどん先走る。

【訳注】

クリストファー・イシャーウッド（一九〇四〜一九八六）
イギリスの小説家、脚本家。ヒトラー政権直前までベルリンに滞在した経験を持つ。その後、ヨーロッパ各地を転々とした後、アメリカに帰化。ゲイ作家としても有名。『さらば、ベルリン』、『山師』他。

2　宣告の後

それは、右脇上の鈍い痛みで始まる。痛みが三日以上続き、私はシェイ医師の診察を受ける。何らかの非定型肺炎かもしれないと考え、医師は抗生物質を処方してくれる。しかし、痛みはひどくなる。私は、またシェイ医師のもとへ行く。医師は治療方針を変える。尿検査でいくらか出血が見られるという。私には腎臓結石の病歴があるため、医師は腎臓のＣＴスキャンの予約を取るために電話する。だが、その日は金曜日で、翌週の半ばまで予約は取れない。

イアンが、朝着く予定になっている。二人でニューヨーク州の北部までドライブし、クーパーズタウンで土曜の夜を過ごし、日曜の午後には野球の殿堂を訪れた後で、ブリテンのオペラ、*「ベニスに死す」を見る予定だ。シェイ医師は、出かけても大丈夫だと言い、鎮痛剤の*バイコディンを処方してくれる。

イアンが私を車で拾い、ドライブの間には問題はない。モーテルにチェックインし、野球の殿堂を訪れ、夕食にバーベキューを食べ始める。すると、急に体側の痛みがひどくなる。

「大丈夫か？」

と、イアンが聞く。

「ちょっとひどくなった」

「調子が悪そうだ」

「大丈夫だ」

私は、日本で喉が感染した時のことを思い出す。あの時も自分は大丈夫だと思った。

「アイスクリームはどうだい？　ダウンタウンにいい所があるんだ」

アイスクリームを食べながらクーパーズタウンの目抜き通りを歩いていると、体側の痛みがさらに鋭くなる。私は屈みこみ、歩道にアイスクリームを落としてしまう。

「くそ」

「大丈夫か」

「アイスクリームが惜しい」

イアンが笑う。

「笑わせないでくれ」

と、私は脇を抑えながら言う。

モーテルに戻り、二人でアニメのＤＶＤを見る。やはり、痛みは少しも軽くならない。

「バイコディンを飲むよ」

私は、ナイトスタンドに置いた錠剤に手を伸ばす。

「僕がおかしくなったら……」

私は、言葉を続ける代わりに錠剤を飲む。イアンには、すべきことがわかっている。

アニメが終わる前に、私は眠り込む。


「勝ったのはボストンかい、それともシンシナティかい？」

と、私が聞く。答えはない。

「ボストンか、シンシナティか、どっちが勝ったんだい？」

と、私はもう少し大きい声で、もう一度聞く。

「どうしたんだ？」

と、イアンが聞く。

「ワールドシリーズを見ていたんだけれど、どっちが勝ったか覚えていない」

「何だって」

「レッドソックスかレッズか、どっちだ？」

「何のことを言ってるんだ」

「僕はどこにいるんだ？」

次にわかったのは、明かるさが戻っているということだ。カーテンの隙間から陽の光りが漏れているのがわかるまでに数分かかる。ベッドの反対側で、まだ眠っているイアンが見える。自分たちがモーテルにいることを思い出す。クーパーズタウンでだ。眠れない時以外はめったにしないが、睡眠薬を飲んだ翌朝のように、ちょっとでも動くと体が平らで、バラバラになったような感じがする。やはり薬はやりたくない。

ナイトスタンドに錠剤の瓶があるところを見ると、飲んだ記憶はないが、昨夜バイコディンを飲んだに違いない。

「大丈夫か？」

イアンは、目を覚ましている。

「どうかな」

「夜のあいだとてもおかしかったぞ」

「何をした？」

「一九七五年のワールドシリーズを見ていると思っていた」

「レッドソックスとレッズのか？」

「ああ」

「どうなった？」

「レッズが勝った」

私は笑い出し、脇の痛みが再び襲って来る。

バイコディンのせいで、まだふらふらする。*タイレノールのおかげで博物館と湖畔のレストランでの昼食、そして「ベニスに死す」のオペラを何とか乗り切る。

夜の早い時間にニューヨークに戻ると、イアンは、私をアパートの前で降ろす。

「電話して、どんな調子か教えてくれ」

とイアンは言い、引き続きワシントンDCへ向かう。明日は仕事に行かなければならないのだ。

アパートへ戻ると、私は体温を測る。一〇二度（摂氏三十八度九分）だ。

朝シェイ医師に電話して、熱のことを伝える。医師は、救急治療室へ行くべきだと言う。そこなら少なくともCTスキャンが撮れ、水曜まで待つことはない。一年半前に熱が出て脱水症状になった時に、救急治療室で六時間以上待ったことを思い出し、熱が下がることを期待して、そのままアパートで待つ。

午後遅くには熱は一〇四度（摂氏四十度）にまで上がる。私はシェイ医師に電話して、病院へ行くと言う。そしてタクシーで近くの病院の救急治療室へ行く。

ほぼ六時間後に、ようやく待合室から呼ばれ、点滴を受け、痛みを抑えるために*トラドールを与えられる。そしてCTスキャンに回される。

深夜近くに、ＣＴスキャンでは腎臓に何も悪い所は見られないと言われる。熱が依然としてとても高いので、シェイ医師は経過観察のために、私の入院の承認をかけあってくれる。ありがたいことに、トラドールのおかげで熱が少し下がる。それから五時間後に、病室へ車いすで運ばれる。

病院の廊下は静かで、蛍光灯がぼんやりと灯っている。病室で、私は手伝ってもらってベッドに入る。私はできるだけ静かにしていようと思う。カーテンの間仕切りの向こう側でぐっすり眠っている、同室の男性を起こしたくない。

女性が現れる。彼女は病院のガウンをベッドの上に置き、テレビのリモコンの使い方を説明しようとする。私はテレビには興味がない。しかも、疲れ切っている。まだ熱っぽく、服も脱がずに眠り込んでしまう。

朝、私が病院のベッドに移ってからわずか数時間後に、シェイ医師が朝の回診にやって来る。泌尿器科医、感染症専門家、肺の専門家など、相談チームが集められている。シェイ医師は、私の脇の痛みと熱の根本原因を明らかにするため、再度のＣＴ検査を含む様々な検査の予定を立ててくれている。

明かりがつけられ、若いインターンが私を起こす。その後から看護婦が病室に入ってくる。

「どうしたんですか？」

と、私は聞く。

「さっき撮ったＣＴスキャンで、肺に液体が見つかったのです」

と、若い医師が言う。

「腎臓のスキャンかと思っていました」

「液体が見つかったので、肺ももう一度検査しました。右の肺に血餅が二つあります」

「何ですって」

「この注射をしなければなりません。*ヘパリンで、他にも塊ができかけていた場合に、それを溶かすためのものです」

「でも、呼吸には何の問題もないのですが」

　そして、医師が何を言ったかに気付く。

「できかけているとはどういうことですか？」

「脚から、普通はふくらはぎから来る肺塞栓症です」

「私にはふくらはぎはないのですが」

と私は、私の脚を見たことがないこの医師に言う。彼には、私が言おうとしていることの意味がさっぱりわからないようだ。

看護婦がヘパリンを用意している。私のＴシャツをまくり上げ、腹部に薬剤を注射する。

「あまり楽しくないですね」

と、私は言う。

「慣れた方がいいですよ」

と、看護婦が答える。

「退院したら、多分自分で注射しなければならなくなりますから」

「まさかそんなことは」と私は思うが、口には出さない。私にはそうしたことがひどく怖いので、もしそうなれば、きっと厄介なことになるだろう。

時計を見ると、午前二時だ。


病室の明かりがまたつく。もう一度私は眠りを妨げられる。

「いいですか？」

と、白衣姿の赤ら顔のブロンドが何か言っている。この女医は、キャサリン・ターナーに似ている。目を輝かせた白衣の男女が、この女医を取り囲んでいる。子供時代の病院での経験から、彼らが医学生たちだということがわかる。

「あなたの症状は、昨年アメリカだけで六万人もの命を奪ったものです」

「冗談でしょう」

と、私は言う。私が反応しているのがこの数字に対してなのか、この数字が映画スターのように見える女医の口から出たことに対してなのか、自分でも定かではない。

「でも、呼吸には何の問題もないのですが」

私は、夜中に若いインターンに言ったのと同じ言葉を繰り返す。

「無症候性です」

と、聴診器で私の呼吸をチェックしながら、女医は言う。

「珍しいことです。でも肺に水も溜まっているので、抜かなければなりません」

「楽しそうではありませんね」

「背中に小さな穴を開けるだけ、ただそれだけです」

女医は診察を終えて、出て行こうとする。

「あなたは運がいい」

医学生の行列が、キャサリン・ターナー似の女医の後について出ていく。

シェイ医師がやって来る。

「いくつか追加の血液検査と、他にはできかけている血の塊（血餅）がないことを確認するための超音波検査をオーダーしています」

「塊は、ふくらはぎでできると聞きました。私にはふくらはぎがないのですが」

シェイ医師は笑う。彼には聴覚障害がある。私が障害について言うことをほとんど理解してくれる。

シェイ医師が行ってしまう前に、肺塞栓症について、彼から学べることをすべて学びたいと思う。

さらに採血され、今度は三本の小型ガラス容器に取られ、そのうち二本は氷の上に置かれ、国の反対側の他の研究所に送られるようだ。

「まれな凝固因子をチェックするためです」

と、シェイ医師は説明する。

「点滴中に、強力な抗生物質を入れるようにします。あなたが偶発的な肺感染症かどうかについては、まだ意見が一致していませんが、もしそうだとしても問題はありません。幸運なことに、呼吸困難や四肢を失うことにはなりません。そういうこともよくあるのです。実のところほっとしています」

「肺に血餅があって、ほっとしたのですか？」

「理由の分らない痛みと熱ということで、もっと悪いことを予想していました」

「もっと悪いことですって」

「ガンです」

ある日の午後遅く、麗子が訪ねて来る。彼女は、コートとリュックサックを病室に置いておく。二人で、最初は時計回りに、次には気晴らしのために時計と反対周りに、病院の中を途中まで歩く。三度目に廊下を回っていて、角を曲がって病室に戻ろうとすると、部屋の上の赤いライトが点滅している。

私のベッドがすごい勢いで部屋から運び出されてくる。麗子のコートとリュックサックの載った椅子がそれに続く。私の病室だった所に、大勢の看護婦や医師と機械が陣取っている。

「どうしたのですか？」

と、麗子が近くを通る看護婦に聞く。

「緊急事態です」

と看護婦は言い、部屋の中に姿を消す。

赤いライトはもう点滅していない。医師と看護婦たちが列をなして部屋から出てくる。みんながかたまり、うなだれている。

顔見知りになった看護婦が私を見付け、近寄ってくる。その顔は打ちひしがれているようだ。

「大丈夫ですか？」

と、私は聞く。

「あの人のために物を取ってこようとして、戻ったらもう亡くなっていたんです」

「亡くなっていたですって?」

「心臓発作です」

私は、看護婦を抱きしめる。

同室の患者は昨夜ほとんど起きていた、と私は看護婦に言う。しかも、呻いたり吐いたりしていた。助けがいるかと聞くと、いらない、大丈夫だと答えた。とにかく看護婦を呼んでやるべきだったのだろうか。

ベッドが病室から出されているのに私は気付く。今は死んでしまった同室の患者は、ベッドカバーに覆われている。

数分後に、私のベッドと椅子が、麗子のコートとリュックサックと一緒に病室に戻される。

「中へ戻っても大丈夫ですよ」

と、打ちひしがれていた看護婦が言う。

「もし部屋を変えたければ、できるかどうか見てきます」

「大丈夫です」

いくらかショックを受けはしたが――死んだ人とこれほどまで近くにいたことがなかった――看護婦の方が心配だ。

「私なら大丈夫です」

「大丈夫ですか？」

と、私たちが病室に戻ると、麗子が聞く。

「ええ、多分」

病室の中は仕切りのカーテンが引かれたままで、まるで同室の患者がまだ反対側にいるような気がする。

夜になって、私が夕食を食べ、麗子が帰った後で、私はベッドから降りる。そして、部屋の反対側に行く。そこにはまだベッドはない。床の上で何かが、外の街灯の明かりを映して光っている。私はかがんで、滑らかなペニー硬貨を拾い上げる。

自分が旅行の間いつも、自分を守ってくれた部屋に硬貨を一枚、置いてくることを考える。高野山の奥の院で弘法大師の御廟に参る川を渡る前に、地蔵に水を掛けたことを思い出す。そして、それこそが、死もまた生のもう一つの部分として扱われる、日本のお盆だということを理解する。

私の血が固まる原因は何だろう。今度の八月には、日本に行き、お盆を経験できるぐらい元気になれるだろうか。

私は目を閉じ、死んだ同室の患者の魂がペニー硬貨になって、死んだ場所に帰ってきたのではないかと考える。

一週間入院した後で、常に変化する血餅の数値である私のＩＮＲ（国際標準比）は望ましい二・〇に達していた。これで、私は帰宅することができる。

あの晩看護婦に言われたようにはならず、ヘパリン注射を自己投与する必要はなくなる。だが、*クマディンを毎日飲むことになる。これから数週間、服用量が適切であることを確認するために、週に二回ＩＮＲ値を調べなければならない。ビタミンＫがクマディンの効力を弱めるために、緑の葉の多い野菜やビタミンＫの含有量の多い他の食べ物の摂取に気を付ける必要がある。一月後には、肺をチェックするためにＣＴスキャンのフォローアップも必要だ。

退院できて私は嬉しい。だがそれでも、これまでになく疲れ果てている。日本へ予定通りにたとうとすれば、それまでにやらなければならないことがたくさんある。私のＩＮＲを継続的にモニターしてくれる、英語を話せる医師を東京で見つける必要がある。

一週間後の夕方、私は電話でうたた寝を中断させられる。シェイ医師からだ。

「*抗カルジオリピン抗体の検査結果が陽性と出ました」

と、彼は言う。

「何ですって」

「入院中に採血した特別な検査のうちの一つです」

「どういうことですか？」

「抗凝血剤を一生取り続けなければならないということです」

私は沈黙する。

「*ループス（慢性の炎症）はありません。他の検査は陰性でした」

ベッドで、私は天井を見つめる。今まで、私の人生を通して、医療面の最大の関心事は脚と関連したものだった。今、眠り込んで、自分の血の粒子が固まって体中を移動しているところを想像する。次の血餅がいつ、どこに現れるかは、誰にもわからない。


私の誕生日は、日本への出発予定の六日前だ。私はその日を麗子と日本の写真の展示を見て過ごす。昼食には、二人でトンカツを食べる。

午後遅くにアパートに戻る。シェイ医師からのメッセージがある。フォローアップのCTスキャンでは、肺の血餅については何も問題なかった。だが、肺の中に、HIV感染の二つの兆候である脾腫と無数の小リンパ節群が見られた。私が来週出発する前に、HIVの検査を受けてもらいたいと、シェイ医師は考えている。

すぐに私は、シェイ医師がオフィスを出る前に電話する。

「これはどういうことですか？」

と、私は聞く。

「あなたの肺には、脾腫と無数の小リンパ節群が見られるということです。根本的な原因をチェックする必要があります」

「朝にはＨＩＶの検査を受けに行けます。結果が出るまでにどれぐらいかかりますか？」

「一日です、陰性ならば。ＨＩＶ陽性の可能性が大きければ大きいほど、日数がかかります。陽性かどうかを再チェックします。送った血液の検査結果が月曜日に戻らない場合のために、Ｔ細胞の値も検査します」

「出発は水曜です」

「わかっています。週末に結果をチェックします。月曜の午後遅くに来てください。心配することはありません。大丈夫ですから」

私は、イアンに電話する。麗子に電話する。両親にも電話する。

時間がかかればかかるほど、ＨＩＶ陽性の可能性が高くなる。

週末にシェイ医師から連絡がないのは良い兆候ではない。あまり眠れず、心臓の鼓動の早まりを静めるために抗不安剤を飲む。

シェイ医師との月曜日の予約に時間通りに行く。シェイ医師は、私をオフィスに呼び入れる。

「結果はまだ戻ってきません」

と、彼はデスクの後ろに座って言う。

「良い知らせではありませんね」

「それからあなたのT細胞の値は三百八十九です。まあまあです。ですがHIV検査が陰性にしては低すぎます」

それは、実質的な陽性の宣告だ。

この瞬間のためにできるだけの覚悟はしてきたはずなのに、今はそれがまったくできていないと感じている。シェイ医師に言われたことで、私の人生に、その前と後に分ける境界線が引かれた。私は、前と後を一つにしておこうとしたが、目からは涙がこぼれる。

どうしたらいいのか?

「どうやって日本へ行くのでしょうか?」

「飛行機で」

「行っても大丈夫ということですか?」

「あなたのT細胞は今のところ問題ありません。ここにいてできることで、日本でできないことはありません。一月したらもう一度検査しなければならず、その後は三カ月ごとにT細胞とウイルス負荷の検査をしなければなりません」

「それならできます」

涙が溢れ出す。

安心させようとしているのが自分なのかシェイ医師なのか、自分でもよくわからない。

「大丈夫です」

「どうしてこんなことに？」

「感染してどれぐらいになるかはわかりませんが、T細胞の数から見て、多分五年以上になるでしょう。よくあることです」

「今の私は幸せなはずです。私のすべての望みは、もう一度日本へ行くことでした」

「そしてその通りになっている」

「何に気を付けなければいけませんか？」

「T細胞とウイルス負荷をチェックする他に、理由のない発熱、リンパ腺肥大です」

「肺の中の血餅はどうですか」

「このまま、成り行きを見守ります。一年後にもう一度CTスキャンをします」

「本当に日本へ行けますよね？」

「ええ、大丈夫です。血液の対応をきちんとやりさえすれば。あなたの場合は今のところHIVよりも凝固のリスクの方が高いですからね」

「ありがとうございます」

シェイ医師は、デスクから立ち上がる。検査室へ入っていき、一本の注射器を持って出てくる。

「それは何ですか？」

「肺炎ワクチンです。万全を期すためです」

彼は、注射器を私の右の上腕に射す。

「メールで様子を知らせてください」

そして、今は誰もいない待合室に私を連れ出す。デスクの女性に十ドルの自己負担金を請求される。

「自己負担金はいらないよ」

と、シェイ医師が彼女に言う。医師は私を抱きしめ、私はオフィスを出る。

エレベーターを待っていて、私は自分の一部をシェイ医師の部屋に置いてきたような気持になる。

エレベーターが古い医療ビルのロビーに着くまでの数分が、決して終わることのないほどに長く感じられる。

午後遅くの陽がキラキラ光る。本能的に、防御するように右手が上がる。私の右腕の、肺炎ワクチンの注射を打った跡に、シェイ医師が貼ったバンドエイドが見える。安全だという気はしない。私を他の何から守る必要があるというのだ。

周りの路上の活動すべてから、私は奇妙に切り離されている。自分の人生が今、過去と現在に、鋭く切り裂かれたような気がする。これからどうなるかは、考えたくない。

携帯電話が鳴る。イアンだ。

「良くない知らせだ」

と、私は挨拶抜きで言う。

「冗談だろう」

「いや、自分でもそうだったらいいと思うけど」

「オー、*キンバ」

と、イアンが私の愛称を使って言う。

「タクシーを拾って家へ帰らなくては。後で電話するよ」

タクシーの中で、私は人と車で込み合うラッシュアワーの通りをじっと見る。見てはいるが何も耳に入ってはこない。

アパートに帰ると、もう暗くなっている。

水曜の朝にたつ前に終わらせなければならない荷造りが、まだ残っている。感覚がない。だが、わずか六週間前に肺の中の二つの血餅で入院していて、肉体的にも、感情的にも消耗した中で、自分がこれまでにないほど怖がっているという自覚がある。

出発前に知らせておきたい親友のリストを作る。これからの数カ月にこうした決断を何度も繰り返さなければならないのだ。誰に言うべきか、いつ言うべきか。誰には言わないでおくか。

私は電話機を見つめる。これから話さなければいけないことをひとたび口にすれば、自分の人生だと考えていたものからさらに遠く引き離されることになるだろう。それは間違いない。

両親に電話すると、週末はずっと眠れなかったと母親が言う。父親が泣いているのがわかる。HIV陽性の可能性が大きい、という診断を受けたばかりの息子が世界を半周した所にいたら、両親がどう感じるか、私には想像することしかできない。

数時間後に、私はもう一度両親に電話し、父親が大丈夫なことを確認する。

「俺のことは心配するな」

と、父親は言う。

「お前がやらなければならないことだけをやって、自分のことだけに気を付けろ」

父親と話をした後で、日本をたつ前にもらった最後の浅草寺のおみくじのことを思い出す。急いでも川を渡る船はない。敢えて漕ぎ出せば、船は高波にのまれる。

多分行くべきではないのだろう。

だがなんとか、水曜の朝早くには、出発の準備がほとんど整う。

最後に、今は何も置かれていないアパートで一人になり、寝室へ行く。私は目を閉じる。深い息を六回、吸っては吐く。そして目を開く。ポケットから一ペンス硬貨を取り出し、ラジエーターの下に置く。

自分の人生のもう一つの部分が終わる。

私は玄関のドアを閉め、家主に言った通り、鍵をドアの下に滑り込ませる。

階下では、空港へ向かう車が到着する。運転手が荷物をトランクに入れる。

通りを走っている時、私は頭を後ろに傾けて目を閉じている。浅草寺のおみくじの別の箇所に書かれていたことを思い出す。

患者治りがたし。やや時間を要す。

八月に体側に痛みを感じてから初めて、体の緊張がいくらか、ほんのわずかだけ、和らいだようだ。

今は九月の終わりだ。自分がとうとう再び日本へ行く途中だということが、自分でも信じられない。

【訳註】

ベニスに死す

ブリテン最後のオペラになり、一九七三年に初演された。原作はドイツの作家トーマス・マンの小説。イタリアの映画監督ルキノ・ヴィスコンティによって映画化されたもので有名。

バイコディン

ケシから抽出されるアルカロイドの一つ。麻薬性鎮痛薬として、中等〜重度の疼痛軽減のために経口投与されるほか、鎮咳剤として一般的には液剤として経口投与される。

タイレノール

アセトアミノフェンを単一成分とする解熱鎮痛剤である。アセトアミノフェンは胃を刺激しないことから空腹時にも使用できることが特徴である。

トラドール

オピオイド系の鎮痛剤の一つ。モルヒネの十分の一の鎮痛効力があるとされ、比較的安全で乱用性は低いとみなされている。

ヘパリン

抗凝固薬の一つであり、血栓塞栓症や播種性血管内凝固症候群（DIC）の治療、人工透析、体外循環での凝固防止などに用いられる。

クマディン

抗凝固剤の一つ、ワーファリンの商品名。殺鼠剤としても用いる。投与方法は経口（内服）のみである。

抗カルジオリピン抗体

抗リン脂質抗体の一種で、その存在が反復性の流産・子宮内胎児死亡、全身の動・静脈血栓症（特に下肢深部静脈血栓症、肺梗塞、脳梗塞など）、あるいは血小板減少症などと密接に関連している。

ループス

がん用語。関節と、皮膚、心臓、肺、腎臓、神経系などの多くの臓器に悪影響を及ぼす結合組織の慢性炎症性疾患。

キンバ

一九九四年に公開されたディズニーによる長編アニメーション映画「ライオン・キング」の主人公のライオンの名。

Ⅲ　世界

「（三之丞）変わるな」
「変わるまい」
「忘れるな」
「忘れまい」

井原西鶴

1　名残

東京に着くとすぐに、私は現代的なネオン輝く都市を逃れて、本州の北西部にある地方の小都市、松江へ行く。

私はラフカディオ・ハーンが「神々の国」(Province of the Gods) と呼んだ所へ来ていた。

松江の一日の最初に聞こえる音は、眠っているところへ、耳の真下から、ゆっくりとした、大きく脈打つ鼓動のようにやって来る。それは巨大で柔らかな、鈍い殴打のような音だ——その規則正しさ、くぐまったような深さ、聞こえるというより感じられるというように、枕を通して突き上げてくる様は、まるで心臓の鼓動のようだ。

シェイ医師のオフィスでのあの日から毎朝、脈打ち鼓動し、枕を通して突き上げるのは、目に見えず、見つけられないものが自分の血の中を漂っているという自覚だ。それは私の体に襲いかかる時を待っている。

ハーンは東京から逃れた。そして、乱されていない古き日本の「名残」がたくさん残る松江に、古き日本の真髄である「こころ」を見つけるためにやって来た。松江はハーンが求めていた、何も変わっていない、日本の前だった。

ゲイであり、ユダヤ人であり、障害者であるという私のアイデンティティの大本は、生まれた時から始まっていた。シェイ医師のオフィスでＨＩＶの検査結果を知って以来、生まれて初めて、自分の人生がまさに二つに分れたような気がしてきた——その前の人生とその後の人生という、まったく違うものに。

次のＴ細胞の検査を受ける前に、息抜きのために松江に来て、私は自分自身のこころを、自分の人生の新たな始まりを、すでに見つけ始めているのかもしれない。

最初に松江に到着した時、ハーンは大橋川沿いの小さな富田旅館に暮らした。私は近代的な、もう木造ではない松江大橋を渡る。かつてその旅館があった所には、今は小さな石の碑があるだけだ。

一八九一年六月に、ハーンと妻のセツは「朽ちかけた城の後ろの、とても静かな通り」に面した昔ながらの武家屋敷に移った。ＭＭが＊ハーンのひ孫に会ったのは、この家の前だった。私に『怪談』の本をくれた時に、ＭＭはこのことを話してくれた。そして、古き日本を彷彿とさせる小さな地域が今でも残る美しい所です、と言っていた。

現在は、ラフカディオ・ハーンの旧居として保存されているこの家の正面の眺めは、ハーンが「日本の庭で」*で述べたことで不滅のものになったが、それ以来少しも変わっていない。出雲大社を訪れた翌日、私はハーンがかつて座った場所に座っている。そして、この畳敷きの広間で、南面の障子を開けて庭園の景観を楽しむ。

頂上に城がそびえる大城山は、松の茂る庭園でその一部が隠されていて、多分正面の壁の笠木の上に見えるのだろうが、見えるのは一部だけで……住まいの三方を囲む非常に美しい庭園の形によって、もっと正確には庭園の空間の連なりによって、視界から遮られているものが補われている。「縁側のある角度からは」一時に二つの庭園の眺めが楽しめる、とハーンは断言している。

前と後が一体となったものとして、私の人生を見ることができる視点はあるのだろうか？私は立ち上がり、食堂とハーンの寝室の両方に使われていた隣室へ歩いて行く。ハーンの書斎には、縁側のそばに書き物机と椅子が置かれただけで、何の装飾もない。これらの部屋で、ハーンは、『知られざる日本の面影』と『怪談』という、良く知られた二つの作品の執筆を始めたのだ。私にとって一番書かなければならないものは何なのだろう。

日本における障害者についての本を書くために、私はここへやって来た。しかし、状況がすべて変わってしまった今、もっと緊急性の高い本が、自分が書き手である研究者というよりは、書かれる対象であるような本が、別にあるように思える。この二つの本の間には関連性があるのだろうか。

さらに別の障子を開け、蓮池のある第二の庭園を見る。「最初の葉が開くところから最後の花が落ちるまで」の、蓮の「驚くべき成長」の一つ一つの段階を観察して、ハーンはとても喜んだ。日本の庭園は日本自体のように、結果というよりは経過そのものである。そしてこの経過は、木造の橋から鉄筋の橋へという、すべてを変化させる絶え間ない進歩のように見えるが、その跡に名残や、記憶を残しているのだ。

私は、隣の記念館へ行く。記念館には、ハーンの良い方の目から見やすいように特別に工夫された、お気に入りの脚の長い文机がある。近くの陳列ケースには、いつも机上に置いていた弱視を補うための望遠鏡や、外を歩く時に使っていた拡大鏡がある。

もし、ハーンがここに住むことがなかったとしたら、こののどかな一角はまだ残っていただろうか。

ハーンの住居を取り巻く、小さな、よく保存された武家屋敷町で、私はこの地方の名物、割子そばを食べる。そして、もう一度ＭＭのことを考える——一緒にそばを食べて楽しかったこ

と、私に初めて松江について話してくれた時に、

今度、あなたを連れて行きます。松江にもう一度行きたいのです

と言ったことを。ＭＭと東京で会うには違いないにしても、そうしたことが、決してできなくなってしまったことが悲しい。

その晩、旅館では、外からの太鼓の音が聞こえてくる。私は窓から汽車の線路の向こう側を眺める。運河が見えるが、音の出どころはわからない。

それから、旅館の女将から、町の十代の若者たちが、近々行われる祭りの稽古をしていると聞かされたことを思い出す。

眠る前に、私は日記に次のように書く。

お祭りの太鼓の音に、日本で暮らすために帰ってきた人生の根底に、どんなものであれ、鼓動を見つけることを忘れてはならないと、改めて思う。健康に問題がなく、松江のラフカディオ・ハーンの旧居と出雲大社を訪ねた日々があったことを覚えておこう。

東京に戻る途中で、私は京都で一泊した。最初の京都旅行では清水寺を訪れた。今回は別のことを優先させる。

翌朝、朝の七時に起きる。素早く朝食を取り、タクシーで清水寺の境内へ向かう。観光客で賑わう前のこんなに早い時間に、ここに来たことはない。

今回ここに来たのは寺院を見るためではない。恋人たちの神社（地主神社）の二つの石の間を歩くためでもない。寺に入りさえしない。音羽の滝に着くまで、私は丘の中腹を歩き続ける。

伝説によれば、奈良の僧侶、延鎮《えんちん》が幻を見、その中で淀川のきれいな水源を探すように言われた。だが延鎮は水源ではなく、行者の行叡が丸太の上に座っているのを見つけた。行叡は延鎮に、自分は慈悲深い観音への祈りを繰り返し捧げて、二百年間座り続けてきたと言った。そして、山頂への巡礼をする間、代わりに延鎮にこの場所にいてほしいと言う。さらに、自分が座っていた丸太は、観音の像を彫るのに良い材料になるだろうと言った。

しかし、行叡が戻ることはなかった。

延鎮は、行叡を探した。近くの山の頂に履物だけがあるのを見つけ、能で語られる多くの物語の結末と同様、あの高齢の行者が、観音菩薩自身にほかならなかったことに気付いた。行叡は、天に帰ったのだった。

戻った延鎮は丸太の上に座った。そして、行叡から言われたように、丸太から観音の像を彫ろうとした。しかし、二十年間、延鎮は丸太から観音像を彫る方法を思いつけなかった。

ある晩、田村麻呂という武士が鹿狩りをしていた。田村麻呂は、森の中で延鎮を見つけた。

田村麻呂の助けで、延鎮はようやく丸太から観音像を彫り出すことができた。延鎮の信仰心に打たれて、田村麻呂は自分の屋敷を取り壊し、それを滝のそばに建て直して寺院にした。

このような早朝には、癒しの泉の水を飲むために待つ観光客の列はない。

私は長い金属の柄を口に近づける。そして深呼吸をしてから、柄に付いた金属のコップ（合《ごう》）から、冷たくてきれいな水を飲む。水を飲むと、それが私の体の必要な部分を浄化するように感じられる。

東京に戻って、私はT細胞検査のための採血に行く。

診療所を出て、調理道具ならほとんど何でもそろう、合羽橋道具街を歩き回る。大通りを半区画ほど歩き、宝石店らしき店を見つける。合羽橋で宝石店が何をしているのだろうか。

店に近づいていくと、今は、明るく色づけされた塊のように見えるもので、ウインドが埋め尽くされている。

店の前まで来て、私は大笑いする。最初は遠くから、そして今はすぐ近くから見ていたのは、普通は飲食店の外に並べて、中で出される料理を客に示す、明るい色のプラスチック製の食品サンプルがたくさん並んだ店だったのだ。もともとは十九世紀にろうで作られたが、米軍占領後の数十年間に外国の食べ物がたくさん入ってきて日本人を当惑させた時に、こうしたプラスチックの模型が使われるようになった。これらの不気味なほどに本物そっくりの実物大の模型は、私のような日本語のメニューの読めないガイジンにとっては、天の恵みである。

作り物の食べ物で一杯の店を見ていると、お腹がすいてくる。昼食のためにみかと会う時間だ。

もう一度みかと会うことができてとても嬉しい。私の庭園の歌を横浜のコンサートで歌うと、みかは言う。

「顎はどうですか?」

と、私はみかに聞く。

「ずっと治療師に診てもらってきたので、強くなったようよ」

治療師のことは初耳だった。それに、治療師のことを前に聞いたことがあるとしても、私は今のように大いに興味をそそられただろうか。

昼食の後で、みかと浅草寺へ行く。浅草寺へのお参りには、自分が日本へ戻ることがわかって以来、恐れと期待が入り交じったような気持を抱いていた。金属製の箱の中で木のおみくじの棒がガチャガチャと鳴る音が聞こえる。お寺に近づくと、ガチャガチャという音はますます大きくなっていく。

私は、それぞれにおみくじに対応した文字が記されている木の引き出しの前に立つ。金属製の箱を揺する。

「緊張しますよ」

と、私はみかに本音を言う。

「ずいぶん迷信深くなったわね」

と、みかが言う。

どうして私がそんなに緊張しているのか、みかは知らない。私がどれほどひどく汗をかいているか、みかは気付いているだろうか。私の体の中で起こっていることをほとんどの人がまだ知らずにいることで、私はもっと日本人らしくなる。私には今、公的生活と私的生活の両方がある。この二つを一致させなければならないことが、間もなくはっきりするだろう。

一本の木の棒が、金属の箱の狭い穴から出てくる。私は棒の漢字を引き出しの漢字と合わせる。そして引き出しを開け、紙のおみくじを取り出す。


高位の者に人生で成功するための助けを頼るのは、鶏が不死鳥に従って飛び、もっと高い止まり木に止まろうとするようなものだ。

流れを渡る船を漕ぐとは、世の中で他人とうまくやっていくことの例えだ。

あなたは出世し、富むことになる。
・願い事叶う、よって何事につけ謙虚であるべし
・病人回復す　・失せ物現る　・待ち人来る　・新築、引越し共に良し　・旅行良し
・結婚、就職共に良し

私はとてもホッとする。私が選んだ——でなければ与えられたおみくじは、何と九十六番大吉だ。

私たちが浅草寺を出てから、

「ちょっと見せたいものがあるの」

と、みかが言う。

みかはどこへ連れて行ってくれるのだろう。みかと一緒に過ごした時間から、こうした「ちょっとしたもの」が多くの場合、彼女と共にいる時間の中でも最も素晴らしいものであることを私は学んでいた。

「ここよ」

と、一軒のカフェの前でみかは言う。カフェの中で彼女は私をイズミに紹介する。

「イズミはギャラリーを——ギャラリーエフをやっているの」

ギャラリーだって？　何のギャラリーだろう？　ギャラリーはどこにも見えない。

二十代か三十歳ちょっとの——日本人の年齢がどれぐらいかを当てるのは私にはまだ難しい——イズミは、その小さなカフェの裏に私たちを導く。私たちは狭い通路にいて、床はここでは砂利だ。

私たちは、小さな開いた戸口を抜け、小さな玄関に立つ。上の二階には狭い部屋がある。床は漆塗りだ。

「江戸時代の蔵、つまり倉庫です」

と、イズミが説明する。

「祖父が死んだ時、葬式費用を捻出するために売ることになっていました。でも、私たちは集まって、一九二三年の地震と戦争の爆撃を生き抜いた建物でしたから、持ち続けるべきだと決断しました。友人が漆塗りの床を作ってくれて、私たちは、倉庫をギャラリーに変えたのです」

イズミは、玄関の壁に掛かった白黒の写真を指差す。写真には、戦後の廃墟の中で唯一焼け残った建物である、この蔵が写っている。

私は、若い頃のMMのことを考える。彼は、戦争中に東京のこの辺りに住んでいた。彼も何とか生き残った。

以前の姿も残しながら、漆塗りの現代的なロフトのようなファサード（正面から見た外観）によって姿を変えたこの古い蔵は、私にイアンのことも思い出させる。二月に来る時に、彼にはここを見せよう。イアンの大きな鉛筆画を展示するのには、天災と人災の両方を何とか生き抜いたこの場所はぴったりだろう。

地下鉄への途中で、二度にわたって破壊された通りで、私は、自分が待っているT細胞の検査結果について考える。頭の中は、疑問で一杯だ。生き抜くのは何か？　生き残るのは誰か？　私はどれぐらい長く生きられるのか？

その晩、私は自分の小さな部屋に戻る。英語を話せる医師のいる病院までタクシーですぐなので、私は「サービスアパートメント」（家具付きの短期滞在用施設）に住むことにする。

狭いシングルベッドに横になり、ギャラリーエフのことを考える。イズミとその家族のおかげで、古い建物に新しい命が吹き込まれる。私は、生き残ることについてまだ考えていて、九・一一のすぐ後で聞いた、三つの物語を思い出す。

盲目の男性が、テレビのインタビューで最初の物語を語る。男性は、盲導犬と一緒に小さな丸いテーブルに、インタビュアーの向かいに座っている。男性は、多分五十をちょっと越えたところだろうが、インタビュアーに、最初の飛行機が衝突した後で、犬がどのように彼を誘導して階段を下らせたかについて語る。混乱にもかかわらず、犬は自分の仕事を果たし、燃えて崩壊寸前のワールド・トレード・センターの建物の外へ主人を誘導したのだ。

「犬も怖かったに違いありません」

と、インタビュアーは断言する。

「でなければ興奮していたはずです」

「犬が感じていたとしても、一体何を感じていたかはわかりません。犬は自分の仕事をするよう訓練されていて、ただそれをやったのです」

第二の物語を読んだことは確かだが、どこで読んだのかは思い出せない。タワーの一つにいた女性が負傷した。誰か——消防士だろうか、同僚だろうか、私は覚えていない——が女性を見つけ、先に立って階段を降り始めた。女性は時間がないことを知っていたし、救助しようとした人は、女性に立ち止まる時間はないと話し続けたが、女性は足の痛みのためにすぐに足を止めてしまった。女性は休まずには進めなかったのだ。そして、救助してくれた人と一緒に、戸口のそばの階段の踊り場で立ち止まった。

二人が踊り場で待っている間に、足下の階段が炎に包まれ、崩れ始めた。救助してくれた人は女性をつかみ、戸口から中へ押し込んだ。二人は、火の手の及んでいない他の階段を探し、その階段から安全な場所に出ることができた。

「女性が一休みするために立ち止まらなかったら、女性が怪我をしていなくて、足の怪我があれほどひどく痛まなかったら、私たちは二人とも燃え上がる階段の上にいたでしょう。階段が崩れた時に、私たちは間違いなく死んでいたことでしょう」

と、救助した人は語った。

第三の物語は、ニューヨークの友人の様子を知るために電話した時に聞いたものだ。最初の飛行機が衝突してすぐに、タワーで働いていた男性が脱出しました。男性は、数ブロック離れた所で働いているボーイフレンドに電話し、近くの角で会おうと言いました。再会した恋人たちは角で抱き合い、すぐにもくすぶる瓦礫に変わりそうな場所から立ち去ろうと、歩き始めました。一瞬の後、タワーで働いていた男性は、恋人がもう横を歩いていないことに気付きました。そして振り返りました。建物から何かの破片が落ちて恋人の頭に当たり、恋人は死んでいたのです。

障害者であれ健常者であれ、誰もが内側にしっかり押さえ込んでおきたいものを、障害についての自分の経験が表面に浮かび上がらせずにはおかないことを、私は長年にわたって学んできた。

今、こうした場面は、頻度を増してきた。私には物事のバランスの取り方が、いまだによくわからない。自分がいつ、どのように死ぬかは誰にもわからない。人生を生きている時、ほとんどの人はこのことをあまり考えない。だが今、私はそのことをいつも考えている。

やっと検査結果がわかる。T細胞の数値は三百六十一だ。日本へ再びやって来た一か月前とほとんど同じだ。私は、シェイ医師にメールする。医師は、これでT細胞検査とウイルス負荷の両方について、三カ月間、新年を迎える後まで様子を見ることができる、と私に言う。その間、追加の防護措置として、インフルエンザの予防注射とともに、A型とB型の肝炎ワクチンの接種を受けてはどうかとも言われる。

新しい住まいの近くを歩いていて、検査から検査の人生の先行きを、自分が一月単位で測るようになっていることに気付く。

検査結果を待っていると気が狂いそうになるが、結果を受け取ってみると、少なくとも今回は、拍子抜けしたような気がする。

すでに、日本が、再び、外側とより深い内側で、私を魅了してしまっている――この両方がどうしたら同時に起こるのか私にはわからない。こんな経験はここでしかできない。多分これから先のことは、思うほど難しくはないだろう。

だが、次の検査のことを考えなければならない。部屋に向かって丘を登っていて、いつかは日本の友人たちに、今起きていることを言わなければならないと思う。

近所の小さな神社の前で足を止め、賽銭をあげる。どこでも受け入れられる所へ祈りが届いてほしいと、神社の鈴を鳴らし、お辞儀をし、柏手を打つ。

今は十月の終わりだ。神々はまだ、出雲大社にいるはずだ。部屋の金属のドアを閉め、自分がまったく、だがありがたいことに、一人ぼっちだということを感じる。

【訳注】

ハーンのひ孫

ハーンとセツのひ孫、小泉凡氏。八雲会名誉顧問、島根県立大学短期大学部教授。

日本の庭で

ハーンの代表作『知られざる日本の面影』の一章。この中で、ハーンは松江の自宅の庭について記している。

2　二羽の片翼の鳥

*松井亮輔が、私のフルブライトのアドバイザーになったいきさつは、まさに日本的なものだ。まず、長瀬がフルブライトを受けるのに必要な招聘状を書いてくれた。だから、長瀬が私のアドバイザーになるはずだった。だが、私の助成は六月の終わりまでの予定で、長瀬の大学との契約は三月の終わりまでしかなく、つまり、大学としては、長瀬を私のアドバイザーにすることはできないということだった。そこで長瀬は、松井先生をフルブライトのオフィスに推薦した。松井先生は長瀬の推薦を受けて、これに同意した。

松井先生に会うまで、私はアドバイザーを形式的なものとばかり考えていた。私は前回の日本滞在の時から研究を始めていたから、それほど指導が必要とは思わなかった。しかし、この穏やかな、六十五歳の社会福祉の教授から、彼の大学のオフィスでの最初の打ち合わせで、

「あなたの研究と執筆のスケジュールはどうなっていますか?」

と、聞かれたのには驚かされた。

「何ですって」

というのが、やっとの思いで口にした私の答えだった。それまで私は、研究や執筆をスケ

ジュールに従ってやったことがなかった。松井先生が私と私の著作について知らないことや、研究に対する真剣な思いを松井先生にわかってもらうのが一番だということに気付いて、私は自分が書いた記事を先生に見せる。

これと、日本での私の以前の研究についてのその後の話が功を奏したようだ。元官僚で日本障害者リハビリテーション協会（JSRPD）の副会長でもある松井先生は、すぐにいくつかの貴重な連絡先を教えてくれる。また、私がほとんど知らない、国際開発と障害というような問題についてのセミナーに、私を招待してくれる。最終的には、先生の授業でだけでなく、会議でも話をするよう頼まれる。日本語を読むのに必要な調査をする学生を、雇うことができたのも先生のおかげである。そればかりか、自宅に招いて家族にも紹介してくれる。

最も重要なのは、松井先生がＪＳＲＰＤのスタッフに頼んで、ようやくのことでエビスの障害と宗教上の系統のことを教えてくれるかもしれない、花田春兆との面談の機会を作ってくれたことだ。

私は、みかとの連作歌曲のプロジェクトも進めたいと思う。さらに、二つの歌が作曲されていた。みかは、それを十二月の東京でのコンサートの中で披露することになっている。詩を印刷する方法はないかと私が考えていることを知って、みかは若い書道家に紹介してくれ、詩を使って日本の伝統的なタオルである手ぬぐいをデザインしてもらうことになる。みかは私のために、次回の三上加代の舞踏の公演のリハーサルを見学する手配もしてくれる。

仕事の面では、すべてが順調のようだ。だが表面下の見えないところで、自分の体が戦っていることを私は十分感じている。先日、シェイ医師からオフィスで言われたように、いつＨＩＶウイルスが私の体に侵入してきたかは知りようがない。わかっているのは、一九八八年にアレックスが検査でＨＩＶ陽性とわかった時には、私の検査結果はまだ陰性だった、ということだけだ。それ以来、セイフセックスをずっと心がけてきた。私は頭の中で、できるかぎりすべてのセックスを思い出してみる——

あの時だったのだろうか？　彼だったのか？

何回か原因不明の熱を出した時、風邪気味と感じた時か、でなければ、ＨＩＶウイルスが最初に侵入した時の、自分の体の反応に心当たりはないか、記憶を徹底的に洗い出してみる。だが、これらの疑問は、まだ若い時に、なぜ自分がこんな体を持って生まれたのかと、数え切れないほどの回数自問した時と同じように、まったくの時間の無駄だ。そして、自分がどれほど長く健康でいられるのかわからないだけに、時間のことが今いやというほど意識される。二回目の日本滞在が、最初のものとは同じではあり得ないことだけは確かだ。生まれつき障害があり、自分が人と違っていることには慣れてきた。だが今回は、その違いは目に見えないものだ。

ラファエルのことを考える。彼は日本を離れたいと言い、故郷のベネズエラへ帰って、私が故国でも外国でも感じたことがない帰属意識を、もう一度感じることができているという。最初の日本滞在中、それまでほとんど感じたことがないような魅力が、自分にはあるように思えた。だが今は、外面は何も変わっていないにもかかわらず、自分のことを傷物のように感じてしまう。隠れた違いが私の中に、目には見えない形で巣くっている。喜ばされも、気分よくも、元気づけられもしない気分だ。

恋愛関係から、人生のどの時期にもまして遠ざかってしまったような気がする。日本に戻って以来、新宿二丁目のバーにはまだ行っていない。あのバーは、今住んでいる所からは不便だ。だが、それが理由でないことは自覚している。言う必要があることを、会ったばかりの男たちに言う心構えができていないのだ。だが夜、部屋にいる時は、オンラインをやっている。

十一月初めのある晩、私は、一九七二年の冬季オリンピックをテレビで見て以来のあこがれの地、札幌の、三十一歳の男性のプロフィールを見る。札幌では毎年二月に、有名な雪祭りが開かれる。

「ずっと雪祭りに行きたいと思っていました」

と、私は、札幌にいる男性に送るメッセージに書く。

男性からすぐに、

「札幌に来てもらえれば、喜んで案内します」

という返事が来る。

これが、マイクと私が交わした最初の言葉だ。

それ以来二週間、毎晩電話で話し合った後、マイクは、羽田行きの機上の人になる。この十五ヶ月間、札幌で英語を教えているカナダ人のマイクは、これまで東京へ来たことがない。

私は日曜の朝早く、空港でマイクに会う。マイクは、緑がかったグレーのスーツを着ている。

「良いものに買い換える良いチャンスだった」

と、マイクは言う。

マイクは、身長が百八十センチで、肩幅が広く、剣道をやっているために筋肉が発達している。マイクの日本への興味が確固としたものになったのは、剣道と、日本で英語を教えていた前のパートナーとの経験からだった。二人で一緒にアパートを買った僅か三ヶ月後に、相手が九年間の関係を思いもかけず終わらせた後で、日本へ行くべき時だと、マイクは思った。そして、二つの教師の仕事に応募し、一つの職を得て来日し、八月に契約をもう一年延長していた。

マイクには障害のことは話していたが、だからといって、彼との初対面の不安が小さくなるわけではない。三次元で見るのは、写真や電話での話とは全然違う。私の狭い部屋で、さらに小さいシングルベッドで、次の三日間の夜を共に過ごすという計画の危うさについても話し合っていた。

ＨＩＶウイルスのことは、まだ言っていなかった。私が読んだものではどれも、電話以上によく知らない相手には言わないほうがいいと書いてあった。それでも彼に言っていないことで、私にはちょっとした罪悪感があった。はるばる来た彼から、ＨＩＶを抱えて生きている者には興味がないと言われたらどうしよう。三つの電車を乗り継ぎ、マイクを私の部屋に連れてくると、私はなじみかけてきたマイクの電話での声と、細長い、四角い眼鏡に隠された彼の焦げ茶色の目とを一致させようとする。マイクの頭は角張っていて、鼻は平ら、頬は高い。

「家族のどこかでチェロキー（アメリカ原住民の一部族）の血が入っているんだ」

と彼は言い、感情を見せない真剣な態度を崩して、ちょっと間が抜けたように笑う。

私の住まいの最寄りの駅を出ると、マイクが角で立ち止まる。

「どうかしたの？」

と、私が聞く。

「電車を降りてから、札幌にいた全部の時間で見たよりも大勢のガイジンを見たような気がする」

と、彼は言う。

私の部屋に着くと、私たちはベッドに一緒に座る。マイクが私にキスをする。
「何日か楽しめるね」
と彼は言い、もう一度キスをする。

私たちは明治神宮を訪れ、原宿でショッピングをして午後を共に過ごす。マイクは私と同じように、できるだけ長い時間をキディランドで過ごしたがり、店内のすべてのアニメキャラクターを知っている。マイクは、*脚先に違った誕生月が印字された小さな淡い色の熊を見つける。そして淡い水色の、五月と印字された熊を自分のために、淡いオレンジ色の、九月と書かれた熊を私のために買う。店を出ると、熊たちが彼らなりに手をつなぐことができるように、それぞれの熊の手に磁石が付いているのを見せてくれる。

一日中、マイクはとても口数が少なくて、何を考えているのかわかりにくい。そのために私は、ちょっと不安になる。そこで時折、彼に問題がないか確認する。「ああ」とマイクは言ってくれる。
「全部を理解しようとしているだけだ」

マイクが日本にいる間ずっと、北の島である北海道を離れたことがなかったことを私は思い出す。今だけを考え、彼の調子がどうかとか、今晩一緒に寝る前に言わなければならないことで心配しないようにと、自分に言い聞かせる。

夕食には、新宿の気に入りの天ぷら屋にマイクを連れて行く。夕食の後でマイクがレジで支払いをする。

「ここは僕が払うよ」

と、彼が言う。

私はマイクと二丁目を歩き、彼をゲイバーへ連れて行く。日本に戻ってから初めてのことだ。

「ジンジャーエールでしたね」

と、私の飲み物を覚えていて、バーテンダーが言う。

「僕は目立ちやすいんだ」

と、マイクに言う。自分が忘れられていなかったことがちょっと誇らしくもあり、恥ずかしくもある。

「最初に日本にいた時には、ここで長い時間過ごしていたんだ」

部屋に戻り、私たちは服を脱ぐ。二人は私のシングルベッドで裸だ。マイクが私にキスをし始める。

「待ってくれ」

と、私は言う。

「言わなくてはならないことがあるんだ」

マイクが、私から体を離す。そして私を見て、この中断の理由が話されるのを待つ。

　私は深呼吸をし、それから言う。

「僕は、ＨＩＶ陽性なんだ」

　私は背を向ける。

「大丈夫だ」

と、マイクが言うのが聞こえる。

「セイフセックスのやり方は知っている」

　マイクは、もう一度、私へのキスを始める。

　私は両方の手のひらをマイクの胸に当て、彼の顔が見えるようにそっと押しやる。

「確かかい？」

　マイクはもう一度私へのキスを始める。

　次の夜、私たちは六本木ヒルズの展望台、東京シティビューに上る。マイクは、ヒルズの五十二階からの夜景のパノラマ写真を撮る。私は透明な窓から明かりの灯った町の主要部分をたどり、この見慣れない視点からいくつかの気に入りの場所を見る。この高みからは、騒々しく、とどまることのない都市の動きが緩やかに見える。明かりが蛍のように明滅する。私はそれぞれの明かりを、自分の無防備な体を駆け巡って、増殖し、猛威を振るうＨＩＶウイルスと重ね合わせる。

点滅する明かりを見ていて、下で起こっている無数の偶然の出会いを想像し、マイクとの出会いの偶然さを感じる――どちらにとっても母国ではない国の、別々の部分の、別々の島の、別々の都市で、同じ夜の同じ時間に、別々のコンピュータに二人を導くために、起こらなければならなかったこと、起こってはならなかったことの、すべてに思いを馳せる。

やがて空が暗くなる。建物、ネオン、車からのすべての明かりが、恐ろしく移動しづらいこの都市を、容易に抜けることができる道になる。この高さから都市を望むと、曲がり角で、次の地下鉄駅で、ずっと遠くで、待っているものが、明かりによって見つけられ、それを識別することができる。

自分を待つもの、自分の体が待つもの、私とマイクを待つものが何か、わかりさえすればいいのだが。

夜の東京の三百六十度の旅を終えると、マイクは私に、シティビューから撮った写真を見せてくれる。今晩と二人一緒の最初の一日の間に、こっそり撮った私の写真も見せてくれる。

マイクは、札幌に戻る飛行機に乗るために、午後には出発しなければならない。

「ラブプランのことは知ってるかい？」

と、彼が聞く。

「ラブプランだって」

「二人ともボーダフォンだ」

と、マイクは日本の携帯電話会社のことを言う。

「一つの番号を選んで、一月三百円払うだけでその番号に無制限にかけられる。そうするべきだ。こうすれば毎月三百円だけで、好きな回数だけ、好きな時間だけ、話すことができる」

マイクは私とベッドで、空港にたたなければならなくなるまで、いつまでもぐずぐずしている。

私たちがさよならを言い、マイクが出かけるとすぐに、携帯電話が新しいテキストメッセージが届いたことを知らせる。

「とても楽しかった。また会うまで待ちきれない」

それから数週間、マイクと私は、気まぐれなイアンとの場合よりもいくらか簡単にできる日課を作り上げる。

毎晩マイクが電話し、それは私が、残りの人生の間中飲まなければならない、抗血液凝固剤を飲む時間でもある。私が日本にいるようになって以来、多分緑茶が抗血液凝固剤の効力を弱めているためだろうが、クロット形成速度が低すぎる。投与量は現在、五ミリグラムから八ミリグラムに上がった。五ミリグラム錠剤一錠と、一ミリグラム錠剤三錠を飲んでいる。

マイクに話しながら、私は錠剤を取り出す。それを口に入れようとしていると、マイクが聞いてくる。

「どうかしたのかい？」

「逆でなければいけないのに、間違って五ミリグラム錠剤三錠と、一ミリグラム錠剤一錠を出してしまった。抗血液凝固剤を八ミリグラムではなく、十六ミリグラム飲むところだった」

「気をつけなくては」

「わかってる。出血で死ぬかもしれなかった」

「そんなことはしないでくれ」

「せいぜい気をつけるよ」

こうした毎晩の電話の間に、マイクがクリスマスに再び東京を訪れ、新年まで滞在する計画を立てる。日本では十二月二十九日から一月三日までは休みになるので、マイクの仕事も長期間休みになる。

東京のクリスマスのようなものは他にはない。ハロウインのすぐ後に、すべての種類の照明が、文字通りすべて取り払われる。デパート、公共の広場、店のウインドが、日本人にとっては、買い物祭りであるクリスマスの休日のために飾り立てられる。クリスマスイブは、日本ではロマンチックな休日だ。独身者さえ、その夜を一人で過ごすことを同僚に知られないように、その晩は職場を早目に出る。クリスマスの地下鉄の発券機の前は、一年で一番の長蛇の列となる。クリスマスイブが土曜の夜に当たるので、今年は列が、二重に長くなる。だが、今年のようにクリスマスの日が日曜でなければ、日本では普通に仕事のある日なのだ。

クリスマスが終わるとすぐに、すべてのクリスマス関連の装飾はさっと片付けられ、松と竹の伝統的な新年の装飾に取り替えられる。まるでクリスマスなどなかったかのように。そうなると、やはり華やいではいても、もっと内省的な日本式の伝統が主役になる。

今年の十二月のカレンダーには、ユダヤ人の休日でクリスマスに相当するハヌカーも含まれている。私は休日の八つの夜のそれぞれを、ろうそくに火を灯し、プレゼントを交換して祝いたい。今年はこうした日々を、マイクと東京で一緒に過ごすようになることに、私は胸躍らせている。

マイクが到着すると、私たちは造作なく東京の私の小さな部屋に落ち着く。東京には、これほど親密な空間は決してないように思える。

私はマイクに、ハヌカーのろうそくを灯して行う神への祈りについて説明する。そして、高齢の父方の祖母に電話して、彼女のために電話で祈りを歌ったものだと言う。

「お前がバルーチャ（ユダヤ教の祈りの一つ）を歌うのを聞くためにもう一年生きるよ」と、祖母は言っていた。

私はマイクを、みかを含め、友人に紹介する。誰もが鷹揚なマイクのことが好きになる。彼と一緒にいて、私がどれほど幸せかも見てもらえる。

私たちは大晦日を、みかが開くパーティで過ごす。パーティには、私の最初の日本滞在の案内書になった作品の著者、ドナルド・リチーなど、日本人とガイジンが入り混じった、選ばれた人たちもいる。マイクはそうした集まりでも一人で困らないほどおしゃべりで、彼のことで気を遣う必要がないことがわかって、私はほっとする。

午前零時を少し過ぎたところで、長寿を象徴し、日本の新年の伝統であるそばを、みかが振る舞う。この儀式が私にとってどれほど大きな意味があるかを知っているのは、マイクだけだ。

それから、全員で近所の神社に向かう。そして、伝統にのっとって神主の祝福を受けた酒のカップをもらうための列に並ぶ。待っている人たちの多くが犬を連れているのに私たちは気付く。

「今年は戌年なの」

と、みかが教えてくれる。

「ということは、来年は豚の年だから、みんなは神社に豚を連れてくるのだろうか？」

と、私はマイクに聞いてみる。

「それなら、寅年はどうなるんだろう」

酒の列に並んでいて、私が最初の日本滞在で学んだことをマイクがすでに学んでいることに気付く。西洋人にはまったく納得できないことを日本人がしても、彼はそれを受け入れている。


元日には、私たちは代官山周辺を歩き、ほとんどの店やカフェが開いているのに驚く。私たちはカフェで一休みする。注文し、注文したものが出てきた後で、私はテーブルの向かいのマイクを見る。


特別な人に会った他の場合とは違い、今回は、マイクと会った時に送っていた生活を手放さずにきた。マイクと私が毎晩電話で話したとしても、次に彼と会う時のことを考えてわくわくしたとしても、私は研究を遅らせることもなく、みかが新しい歌を歌った二つのコンサートに参加し、相変わらず東京の友人と外出して時を過ごした。私は将来がどうなるかとか、どうはならないかとかを予想しないよう努め、ほぼうまくやってきた。

「僕たちは、どういう関係なんだ？」

と、私がマイクに聞く。

「ボーイフレンドさ」

と、彼が言う。

「ボーイフレンドね」

と私は言い、事実を述べると同時に質問の意味も込める。

「それは君にはどういう意味なんだ?」

「僕たちは、互いに深い関係にあるということだ」

「深い関係だって。それはどういうことだい?」

「僕が君に電話するといったら何かが起こらない限り電話するし、何か起これば君に電話して、電話できなくなると言うということだ」

私は、彼の単純でわかりやすい答えに微笑む。

翌日の午後には、マイクは東京をたつ。私が雪祭りに札幌に行く計画を立てていて、私たちが五週間後に会うことを、彼は承知している。だが彼は悲しそうだ。空港へ出発する時間が近づくと、彼は泣き始める。何も言わずに、私は彼の顔の涙をぬぐう。

前回たった時と同じように、彼がドアを出ると、すぐにマイクからのテキストメッセージを受け取る。

「この十日間は、僕の人生で一番幸福な日だった。今晩、家に着いたら電話する」

返信で私は、自分も同じ気持だと言う。

「再会が待ちきれない」

待ち人来たる。

自分がＨＩＶ陽性だとわかって以来、恋愛関係が持てるとは思わなかった。日本が与えてくれた数々の驚きの中で、マイクとの出会いは多分最大のものだ。

こんなに簡単でいいのだろうか。

マイクが出発した次の日、私は診療所へ行って、次のＴ細胞のカウントのために採血しなければならない。


【訳注】

松井亮輔

日本障害者リハビリテーション協会副会長、法政大学名誉教授。

脚先（paw feet）

十八世紀から英国で愛された“lion paw feet”。百獣の王ライオンの脚先を模した意匠のことで、家具のパーツなどに用いられた。

3　歴史は創られる、または蛭子の言うこと

やっとエビスについて語ることになる。

恵比寿は東京でも、最初の日本滞在では訪れることのなかった場所だ。新しいアパートからの行き帰りに、エビスをその名にした駅で電車を乗り換えなければならないことがよくある。電車のドアが開閉する時に、エビスビールにぴったりの、陽気な発車メロディがホームに流れる。私はこの駅の外で、日本の七福神の中でも最も陽気なエビスの立体的な像を初めて見る。

松井先生のおかげで、私はようやく、エビスが障害者だと言う障害研究者の花田春兆に会うことになる。準備として、私の助手に、松井先生からもらった花田先生の論文、「歴史は創られる」を訳してくれるよう頼む。ここで花田先生は、日本の創世神話について書いている。

アダムとイブの日本版とも言える伊耶那岐命《いざなぎのみこと》と伊耶那美命《いざなみのみこと》は、太陽と月を産んだ後で、下半身がマヒした赤ん坊を生んだ。この男の子は、一言も話すことができなかった。この子は、水田によくいて、人間や動物の血を吸うヒルを連想させる、蛭子《ひるこ》と呼ばれた。蛭子が三歳になったあとで、まだ立つことができない時、小舟で海に放たれた。イザナギとイザナミは子供を捨てたのだ。そして、二人は国造りに生涯を捧げた。蛭子は神であることを示す命（みこと）と

う名を与えられることはなかった。この舟が流れ着いたと言われる海岸には、蛭と子という漢字を用いた神社がある。この二つの漢字は、今ではエビスと読まれる。江戸中期には、エビスは七福神の中で最も人気のある神になった。

七福神は、十七語からなる短詩である川柳の初期の作品の中にも登場する。一つの川柳には、七福神の中の六人は全員が片輪だと書かれている。片輪は不完全という意味だが、ゆがんだとか障害があるとかという意味もある。この川柳では、女神である弁天だけが健常者だとされている。だが花田先生は、後世の神話では、弁天も日本人が詳しく語ることがはばかられる性的異常者だとされていると言う。

このように、幸運、すなわち、福をもたらすとされる神々は、ゆがみや障害である不具を持つ神々である。つまり幸運なゆがみである。これは、私の日本での経験とよく符号する。

私は日本障害者リハビリテーション協会のオフィスで、花田先生に会う。先生の独特な話し方に慣れている大学院生のアエイオさんが一緒だ。会合の間、アエイオさんが花田先生の通訳をしてくれる。日本語から英語への通訳も必要だ。

花田先生は、一九二五年に脳性マヒを持って生まれた。車いすで、私の向かいに座る先生は、弱々しく見える。大きな枠の眼鏡のために、顔の細さが目立ってしまう。両手は折り曲げられ、それぞれ車いすの肘掛けにゆったりと掛けられている。花田先生の弱々しい話は、初めはスロー再生される録音のように聞こえる。だがしばらくすると、たびたび突然の爆笑によって中断される音楽的なリズムが、容易に聞き取れるようになる。

私は花田先生に、

「エビスに祈る時に、障害を持った神に祈っていることを人々はわかっているのですか？」

と、尋ねてみる。

「ほとんどのエビスの像は釣り竿を持っていて、普通は座り方もどこかおかしく、立っても歩いてもいません。私がエビスから、動かずに釣りをしているエビスから学んだのは、むしろ動かない方が良いということです」

「誰もがエビスからその教訓を得たと思いますか？　それとも先生だけだと思いますか？」

「エビスは魚を抱えています。ですが、彼は脚に障害があります。多分マヒがあって、それで釣りをするためには、一カ所に留まらなければならなかったのでしょう」

これまでに、私はこうした間接的な物言いに慣れるようになっていた。

「江戸時代には、十三代将軍の家定にもＣＰ（脳性マヒ）がありました。強大な力を持った前田家にも障害者の息子がいました。伊達家の武士の伊達政宗は独眼竜と呼ばれていました。そして豊臣氏には、大谷善継というハンセン病の家来がいました。歴史的に日本は農業社会でした。基本的な生活は、村の中で営まれました。そこでは、まれな——普通ではない――人々も受け入れられるのです。

化け物についても同じことが言えます。現世と化け物の世界との間の境界があまり大きくありません。現世と化け物の世界との間には、たくさんの相互作用があります。日本では、木は木ではありますが、この木の中には化け物が住んでいて、それは神々と精霊の住む場所なのです。日用品にも神や精霊が住んでいます。ご飯を食べる時にすくうしゃもじですが――この台所道具にも精霊が住んでいます」

「ほとんどの琵琶法師が盲目なのはなぜでしょう？」

「これは、百人一首の歌人の一人である蝉丸《せみまる》にまでさかのぼります。日本では、人々が生涯にわたって同じ仕事をするという仕組みが続いてきました。障害者のための仕事の一つが、楽器を演奏するといった芸術的なものでした。『平家物語』の場合のように、障害者が日本語を完成させたのです」

「先生はどのように、こうしたすべてを学ぶようになったのですか？」

「障害者がやらないことは何かと、私は考えていました。障害について研究している人がとても少ないと思っていました。私は何かの分野の専門家になろうと思っていました。私は障害を持って生まれました。私は他の人生を知りません。自分にできることは限られていますが、私は自分のやることに集中できます。話や意思疎通は難しいことです。私には言語障害がありますᵒ 意思疎通が困難なのです。それは大きな問題かもしれません」

私は花田先生が話し終え、すべての言葉が翻訳されたことが確信できるまで待ち、それから先生に言う。

「障害者でない人が何かの障害に関心を持たなければならないのはなぜかと、私はよく自問します。先生の著作は、障害が目に見えなかったり気づかれなかったりする場合でさえも、それが人生の一部であり、すべてのものの一部であることを示してくれます。先生は障害を、人生のとても多くの側面と結び付けられていて、障害は単なる障害以上のものになっています。そしてここ日本でそれに気付かされることは、私にとってとても特別なことです」

花田先生と話した部屋を後にして、日本文化における障害の多くの面についての私の知識は深まる。だが、私は当惑したままだ。

私は障害を持って生まれました。私は他の人生を知りません。

数カ月前までは、花田先生の言葉は私にとっても真実だった。

花田先生と私には共通の、他の人たちとの違いがあるが、行く手にあらゆる障壁があるにもかかわらず、私たちはそのために社会に参加することを諦めはしなかった。だが、私たちのような恵まれた者に与えられた道具、とりわけ教育を与えられない人たちは、どうなるのだろう。

そして教育を受けていても、ほとんどの人が、自分の文化の中で自分自身がどう見られているかについて、本当のところを知らされないままでいる。

ほとんどの文化の中で、障害を持つ教師の不足のために、障害の歴史を世代から世代へ伝承するという伝統がないのはどうしたことか、と私は考える。

私の考えは、最初の日本滞在の間に東京大学のバリアフリープロジェクトで会った、盲ろうの教授、福島先生のことに戻る。福島先生にとっては、自分にとって世界を開き、自分を世界に開いたのは、指点字を学ぶことだった。

日本で障害者であるとはどういうことか。

日本での日々を通して終始私に付きまとってきた、公案のようなその質問が、もう一度提起される。それは複雑な質問で、経験するものであって、答えを出すものではない。

エビスビールを思わせる調子のいいメロディが、乗り換える時だということを教えてくれる。エビスの像を通り過ぎる時、今私は、エビスを、障害を持つ神として見るようになっている。花田先生の言う通りだ——エビスの座り方はどこかおかしい。このことから、私たちが語り、注意を払うことを選ぶ物語がどのようなものかが、世界の中での自分と自分の場所を、私たちがどう考えるかにとって重要だ、ということが思い起こされる。

私はすぐに、自分の人生に入り込んでき新たな違いを、世界に伝える方法を考え出さなければばならなくなる。

私はMM（村松増美）を、彼が週のうちの三日を過ごす横浜のデイケアセンターに訪ねる。MMはドアを入ってすぐの所で、予定に入れてもらっていた私の訪問を待っている。私はMMと一緒に外出することがもうできないことをとても寂しく思う――日本自体もそうだが、そばもMMと一緒でなければ、同じ楽しみを与えてはくれない。デイケアセンターに入ると、まずMMの晴やかな笑顔が目に入ってくる。その体は、車いすからほとんど飛び出しそうだ。彼は私に会って、とても喜んでくれる。

MMが話をする時、数語を話した後で、次の言葉がなかなか出てこない。苛立ちが手に取るようにわかる。

だがMMは、今でも日本語と英語の両方を理解することができる。私は自分の研究の話をする。日本文化の中で障害が出てくる事例をいろいろと見つけるようになり、それはMMが芳一のことを話してくれ、ハーンの『怪談』の本をくれたことがきっかけになったこと、松江への旅で見たものについて、また、割子そばを食べたのがMMと一緒だったらどんなに楽しかったろう、などということを話す。

彼が何語か話した後ではそれ以上の言葉は聞けないが、MMは同意の印に熱心にうなずく。

そして、私の手を取る。

別れ際に彼は、小冊子をくれる。七十五歳の誕生日の記念に友人たちがまとめたもので、私は国際ハウスでのＭＭとの最初の出会いについて寄稿していた。

汽車の中で、私はＭＭの友人が異文化間のユーモアに対する彼の関心について書いたものを読む。その友人は、ニューメキシコのアルバカーキでの「ドウーイング・ビジネス・イン・ジャパン」の会議に同行した。会議での講演でＭＭは、日本の茶道を実演することで、いかに日本が伝統と実用性を結び付けているかを説明した。日本人の手工芸品への敬意を説明して、ＭＭは古い茶碗と思われるものを見せた。そして茶を注ぎ、茶道の習慣に則って注意深く茶碗を三回まわした。そして次には、茶碗を食べ始めた。ちゃんとした陶器の茶碗と見えたものは、実は小麦粉でできていたのだ。ＭＭが茶目っ気たっぷりに、ユーモアのない日本人というステレオタイプに反駁したことに、友人は大喜びした。見た目がすべてではない場合が多いことを、ＭＭは示してみせたのだ。

ＭＭは、日本で最初の同時通訳の学校を創設し、日本で最も有名な同時通訳者、政府同士がもっと効率的に、明確に意思疎通できるようにした人物で、とても異質な文化を最初に探求するに際して私を導き、助けてくれた友人である。そのＭＭが、もう自由に話すことができないのだ。

私は味わったことのない悲しさを感じる――それは、自分自身の障害であれ他人の障害であれ、障害についての悲しさを、自分がほとんど感じないためだ。障害を持って生まれたことで、私は障害を、喪失ではなく適応と結び付けて考えてきたからである。私にとってこれまで障害は、喪失に関係するものではなかった。それは体の変更可能性と、時間に関係していた。

私は、ＭＭが失ったものについて悲しんでいるのだろうか。それとも、ＭＭを失うことの方を、自分が日本についての経験を続けるに当たって、彼が自分の横にいないことの方を強く感じているのだろうか。

それとも、私が感じているのは、自分が今は、前と後があるというふうに人生を見ていることに関係しているのだろうか。

確かに、ＭＭは発作のために、これまで慣れ親しんできたものと同じ人生を、生きることができなくなっている。だが、それでも私は問い続ける。悲しみの原因として大きいのは、喪失をもたらすＭＭの障害の方だろうか、それとも彼が違う人生を送ることが想像できないことの方なのだろうか。

自分のものとして定められたものとは違う人生を想像する、そうした人たちを私は助けたいと思う。自分の研究が、日本における障害についての理解を深め、日本の文化の中で表に出てくることがほとんどない、豊かな障害の歴史を伝えるものになってほしいと思う。ラフカディオ・ハーンが、古い日本の物語を通じて行なったように、私は障害についても述べられた古い物語を広めることができるだろうか。こうしたやり方で、日本が私に与えてくれたものの少なくとも何がしかを、日本の文化に返すことができるだろうか。

自分の研究を発表するという、フルブライト委員会の招待を私は受け入れる。二十世紀の日本でとりわけ有名な作家である谷崎潤一郎の作品の中の、障害を持った重要な登場人物について誰も言及してこなかったと思われるので、私は谷崎を読み始める。

数週間後、私は自分が発見しかけているものをMMに話したくなる。私は、MMへの訪問を手配してくれている女性に連絡する。そして、MMを訪れることはもうできないと、女性に言われてびっくりする。MMがまた発作を起こしたのだ。奥さんがすべての訪問客を断っているという。

日本人は障害や重病をまだ恥と考えているようで、人目にさらすのを避けることがなんと多いのかと私は思う。

私は改めて、福島先生にとって意思疎通がどれほど重要だったかを考える。MMはもはや、ユーモア、自分の文化、自分が世界に感じる喜びについての、独自の理解を伝えることができなくなっている。

その晩、私は山本勘助について読む。

戦国時代に、信玄の武田家は、日本中にその名を知られた軍師・山本勘助を召しかかえた。彼は醜く、隻眼で、片脚が不自由で、指がなかった。しかも、体は傷だらけだった。山本の抜け目のない軍事戦略と情報分析能力は伝説的だった。詳細な地理、城の形、城下町の状況、人々の動きを、すべてが目の前で起きてでもいるかのように思い浮かべることができた。本や物語から拾い集めたものに基づいて、三次元の世界を創造することができたのだ。

しかし、武田家の公式文書では、山本勘助については触れられていない。武田家の臣下による文書についても同様である。実際にそうであったような優れた軍師として、山本が描かれることはもうないだろう。

ＭＭならこのことをどう考えるだろうか。日本では、社会が公家の社会から武士の社会に変動するにつれて、肉体的に差異があるとみなされる者は、歴史の中から消されていく。

4　マレビト

冬のT細胞検査の結果は、百二十二という深刻なものだ。

この減少の原因は、肝炎とインフルエンザワクチンへの免疫システムの反応かもしれない。そうでなければ、もっと永続的なものかもしれない。どれかはわからない。T細胞の値があまりに低いので、シェイ医師は私に、初期にＡＩＤＳと診断された人々の多くの死因となってきたニューモシスチス肺炎を防ぐために、バクトリム（抗感染症薬剤）の服用を始める必要があると言う。

シェイ医師は、抗レトロウイルス薬（ＨＩＶ治療薬）の「カクテル」をスタートさせることを考える時だとも言う。日本にいる間は、これは避けたいと考えてきた。この薬の強い毒性と、ここでの生活にとって、大きな妨げになる副作用は望ましくない。それに実際的な理由もある。ここ日本で、どうしたら薬が手に入るのだろうか。

バクトリムは診療所で簡単に処方してくれるし、それほど高額でもない。だが非常に高価な抗レトロウイルス薬はそうはいかない。

自分が一人の時に、この薬の服用を始めるのも心配だ。イアンが翌月の終わりに到着するまで待っても大丈夫かと、私はシェイ医師に聞く。

「それぐらいなら、多分待ってもかまわないでしょう」

と、シェイ医師は答える。

アメリカで加入してきた健康保険が使える。シェイ医師が、一カ月分を処方することができると言う。ニューヨーク市で麗子が処方箋を受け取り、調剤してもらう。その後、麗子が薬をワシントンDCにいるイアンの所に郵送する。保険の*ドラッグ・プランでは、電話で三カ月分の薬を通信販売で買い、直接イアンに送ってもらうことができる。イアンに全部の薬を持ってきてもらう。それで私は、四カ月分の薬を手にすることができる。

最初の投薬に対する反応によって、すぐに薬の変更が必要になる可能性はとりあえず無視して、私は、シェイ医師に計画を話す。シェイ医師は了解してくれる。私は、計画を行動に移す。すべての詳細が決まり、私は診療所に行って、バクトリムの処方と調剤をしてもらう。

部屋に戻ると、疲れ切ってはいたが、心配のために休むこともできない。抗レトロウイルス薬について可能な限り知ろうと、オンラインで懸命に調べる。わかったことは、あまりいい話ではない。

予想される結果をすべて調べようとして、私は一晩中パソコンに向かい続ける。午後十一時に、マイクからの毎晩のテキストメッセージを受け取る。

「家にいるのか？」

　私はすぐ、マイクに電話する。

「どうかしたのか？」

と、マイクは聞く。知り合ってから間もなくとも、彼はすでに私の調子が良くない時には声の調子でわかるようだ。

「言いたくはない」

と、何とか声に出して私は言う。突然、他の恋愛関係が始まる時にもよく感じるあらゆる不安が、胃に、胸に、喉にこみあげてきた。頭がズキズキする。呼吸が難しい。

「落ち着くんだ。パニック発作を起こす必要はない」

　マイクに、パニック発作のことを言った記憶はない。クリスマス休暇中に渡した私の回想録でも読んだのだろうか。

「T細胞だ」

と、私はようやく言うことができる。

「低いんだ。百二十二まで下がった」

「T細胞が低いぐらいでは、僕を追い払えないよ」

　私はあぜんとする。私が言ってもらいたいことが、マイクにはどうしてわかるのだろうか。

懸命に言葉を返そうとするが、私にはできない。一番伝えたいことを言うリスクを冒すことは、二人の関係ではあまりにも早すぎるようにも思える。

「大丈夫だ」

と、マイクは言う。

「僕も愛している」

私は携帯電話を耳に当て、東京の小さな部屋のシングルベッドに座る。胸にこみあげるものがあり、気付かないうちに私は泣いている。

「君にまた会うまで、長い四週間になる」

と、八百キロ以上離れた日本の北の島の、私が知らない部屋で、携帯電話を耳に押し当てているこの男に、私は語りかける。

「次は、僕が帰宅するまで待たないで、どうなっているのか知らせてくれ」


私は、バクトリムを飲み始める。

二日後に私は熱を出す。理由のわからない熱に注意するよう、シェイ医師から言われたことを思い出す。首にも、リンパ腺の腫れと思われる塊が感じられる。シェイ医師から気を付けるように言われた、もう一つの兆候だ。

私は診療所に行って、診察を受ける。医者が喉を調べても、熱とリンパ腺の腫れの両方を引き起こす、感染の兆候は見られない。

「熱が続くようなら、私にできることは他には大してありません」

と、医者は言う。

「入院してもらわなければなりませんが、私には提携病院がありません。HIVに感染しているので、こちらの病院はあなたを扱いたがりません。HIV感染患者を扱う病院が一つだけありますが、あなたはそこへは行きたくないだろうと思います」

部屋に戻り、自分はリンパ腫だと思い込む。ニューヨーク市の有名な中年の脚本家が、リンパ腫で死んだという新聞記事を読んだばかりだ。何かおかしいと、シェイ医師が最初に気付く原因になった肺のリンパ腫が、体中に広がっているに違いない。医者の所から戻って一時間も経たないのに、私はパニックに陥っている。私がリンパ腫になるはずがない――リンパ腫で死ぬなんて――そんなことは考えられない。

その晩遅く、マイクと話をする時、このことは何も言わない。疲れていて眠りたいとだけ言う。熱とリンパ腺の腫れが続くようなら、後でいつでも言えることだ。

翌日は、昼まで眠る。熱を測る。平熱だ。首のリンパ腺の腫れも引いたようだ。

私は、シェイ医師にメールを送る。

「バクトリムへの反応だったのかもしれません」

と、返事が来る。

Ｔ細胞が下がる前には、バクトリムを始める前には、熱とリンパ腺にびっくりさせられる前には、ＨＩＶウイルスに感染していることを、日本の友人に言う理由はないように思えた。だが、もうみかには言うべき時が来たようだ。

私は、江戸時代から続くそば屋で、昼食のためにみかに会う。食べ終わってから、

「あなたに言っておくことがあります」

と、私は言う。

みかが何事かという目で、私の言葉を待つ。

「まだ言っていませんでしたが、日本へ戻る直前にＨＩＶ陽性という検査結果が出ました」

他に何か言うべきことがあるかどうかわからずに、私は言葉を止める。今のところ何の反応もない。どんな反応を自分は予期していたのだろうか。きちんとした日本人であるみかが立ち上がって、私をテーブルに一人残して出ていくようなことは間違ってもないだろう。

「怖いんです」

と、自分が言うのが聞こえる。

みかは、真っすぐに私を見る。

「いますぐ私にしてもらいたいことはありますか?」

深く息をつくと、私の体から鬱積した不安が抜けていく。古いそば屋のこのテーブルでは、実際には何も変わっていない。だが、私が何カ月も抱え込んできた事実を別の一人に明かした今では、すべてが変わったようだ。

「ずっとよく眠れていません。それにパニック発作も起こしています。あなたの治療師の所へ連れて行ってもらえるでしょうか」

「もちろんよ。あなたが一緒に行きたいなら、木曜日に彼の所へ行くことにするわ。あなたが言いたいことを、私が日本語に訳してあげる」


歯と顎が原因で歌う上での問題が生じて以来、みかは治療師のモギ先生の所へ通っている。医師も歯医者も原因を説明できない時に、みかはモギ先生の所へ行った。子供時代に西洋療法についての嫌な経験をたくさんしてきて、私はしばしば指圧療法やホメオパシー、その他の「代替」療法に頼ってきた。失うものは何もない。何でも試してみる価値がある。モギ先生の所へ行っても、約四十ドル(四千円)しかかからない。

行く途中で、先生は実際には何をするのか、とみかに尋ねてみる。

「あなたの体の中の気と、力を合わせるのです」

と、彼女は言う。

「説明しにくいです」

モギ先生は予約を取らない。私たちはオフィスの玄関で靴を脱ぐ。みかが、白衣を着て看護婦のように見える助手の一人に、私を紹介する。

私たちは待合室で、ほとんどが年配の女性である他の五、六人ほどの人たちと一緒に座る。薄い壁の向こうから、一人の男性が話しているのが聞こえる。その声の主がモギ先生だろう。時々看護婦が名前を呼ぶと、待合室にいる一人が立ち上がり、壁の向こうへ歩いていく。一人が治療のために入ると、一人が出て来て、靴を履き、オフィスを出ていく。

三十分ほど待った後で、看護婦が、

「みかさん、ケニーさん」と、呼ぶ。

「私たちです」

と、私が、まるでみかが気づいていないかのように言う。

私たちは壁の向こうへ行く。私はみかがやることを観察する。彼女がコートを掛けるので、私も同じようにコートを掛ける。彼女がポケットからお金や金属性のものを全部出すので、私も同じようにする。彼女は低いスツールに座る。私も別のスツールに腰掛ける。

私たちは、モギ先生が、見慣れた医師の診察台の端に座る中年の男性を治療するのを見ている。プライバシーのなさには驚かされる。モギ先生は、私たちに背中を向けて近くに立つ。部屋の奥には治療を受けている男性がいる。男性は日本語で話していて、私には何を言っているのかわからない。モギ先生が時々「シュッ」というように聞こえる何かを言う。

男性は、モギ先生の指示らしきものに従って、立ち上がってもう一つの台の方へ行く。この台も、医師の診察台のように見える。だがこの台は、床に対して垂直に立っている。男性は台の両側の取っ手をつかむ。モギ先生がボタンを押すと、台は床に平行になるまで動く。先生は手際よく一本の鍼灸針を、男性の頭に刺す。そして、男性の両足を少しいじる。次に鍼灸針を取る。それからボタンをもう一度押す。台は垂直の位置に戻る。

男性は戻って、最初の診察台の端に座る。モギ先生は、さっき立っていた所に戻る。男性は立ち上がり、ゴルフの素振りを何回かする。そして何度かうなずき、そのたびごとにうなずき方が力強くなる。男性は肩に問題があったのではないだろうか。これがゴルフのゲームの妨げになっていたのだろう。モギ先生が何かやったことによって、男性の問題が軽減されたようだ。男性は、嬉しそうに出ていく。

さあ、私の番だ。私が診察台に向かうと、白衣の助手が私にプラスチックのトレイを渡し、私はその中に眼鏡を置く。

みかがモギ先生に話をする。私が知ってもらいたいことをみかが話すと、モギ先生はうなずく。

「先生はＨＩＶ患者を診たことがありません」

と、みかは通訳する。

「でも、問題はありません」

先生には問題ではないだろう、と私は思う。

モギ先生は、出て行ったばかりのゴルフをする男性の時と同じように、部屋の奥に立つ。先生は私を見ているのに、私を通してその先を見ているように、でなければもっと正確には私のやや右を見ているように見える。「シュッ」の後で、先生がみかに何か言う。

「あなたが金属の鎖を身に着けていて、それは良くないと言っています。そのせいで気が体を自由に流れることができません」

先生の言うとおりだ。私は確かにクマディンの投薬注意票が付いた金属の鎖を首の周りに着けている。金属製ではない鎖を着けなければならない。私は鎖を外し、眼鏡を置いたトレイに置く。

モギ先生は私に近づく。私の右肩を何回か上げる。そのたびに助手に何か言う。彼女は、先生の言葉を私のカルテに書き込む。先生は、私に右の親指と人差し指を重ねるよう身振りで言う。先生は、二本の指を引き離す。もう一度、先生は助手に何か言う。彼女は書き留める。私が垂直の台に行く時だ。台が動き、私は取っ手につかまる。血が頭に急激に流れる。台に顔をうずめ、呼吸がしにくい。モギ先生はつかの間、鍼灸針を私の頭頂へ素早く動かす。そして、私の両足を上下に動かす。彼が英語をわかれば、それとも私が日本語を知っていれば、ニューヨーク市の病院で言ったように、私にはふくらはぎがない、と言ったことだろう。だが私たちが同じ言葉を話したとしても、先生にわかってもらえるという確信はない。

私はもう一つの台に戻る。モギ先生はやや斜めに私を見ている。何を見ているのだろう。

私の疑問に答えるかのように、みかが翻訳する。

「あなたの体の右側と肺にウイルスがたくさん見えると言っています。でも、何も心配はいりません」

彼には簡単に言える。

「すぐに疲労感が減り、気力が増してくるはずだと言っています」

これが本当であることを願い、私はうなずく。

みかの治療の後で、私たちは白衣の助手に料金を支払う。通りに戻り、私はみかにモギ先生の所に連れて来てもらったお礼を言う。

早目の夕食を食べながら、

「二十四時間はお風呂に入れませんが、シャワーは大丈夫です」

と、みかが私に念を押す。

その晩、自分の部屋で、この数週間で初めて、私は研究に集中することができる。モギ先生が何をしてくれたのか、私にはさっぱりわからない。だが、私が日本自体を喜んで受け入れたのと同じように、自分には理解できないかもしれないことがとてもたくさんあるとしても、この治療の効果は、まさに私が必要としているものだ。マイクと話した後で、日本に戻ってから初めて、私は一晩中ぐっすり眠る。

金属のドアを大きくノックする音で、私は起こされる。

荷物を配達する郵便配達だ。荷物が届く予定はなかった。送り主が誰か見るが、差出人の住所は日本語だ。

私は包みを開ける。神通力を持つ、中空で、丸く、脚も手もなく、目もない人形のダルマだ。両目の入ったダルマは運が悪いと聞いていた。両目が入れられると、ダルマはその力を失い、平安と休息を与えられなければならない。処分されたダルマは、永遠に眠ることになる。ダルマもやはり、神通力を持つ預言者としての盲人の例として、よくあげられてきた。視力が回復すると、神通力を失うのだ。

松井先生の博士課程の学生の一人が、最初にダルマについて話してくれた。近づきつつあるフルブライト委員会での発表のために、私が日本文化の中の障害の表現をできるだけたくさん集めたいと思っていることを彼女に話した。彼女がこのダルマを私に送ってくれたに違いない。今はすっかり目を覚まし、私はその一日を発表の準備に過ごす。日本の伝説中の、珍しく、めったにいない人である「マレビト」（客人）についての、花田先生の長いリストを読む。

電話が鳴る。

T細胞だ。二百三十一。

私は、シェイ医師にメールを送る。返事の中で医師は良い兆候だと言う。T細胞の減少はワクチンのせいだった可能性が非常に高い。T細胞が二百以上に戻った今は、バクトリムの服用をやめることができる。だが予定どおりに、イアンが到着したら抗レトロウイルス薬を飲み始めるべきだ、と医師はまだ考えている。

【訳注】

ドラッグ・プラン

保険制度の中の薬品の購入費用をカバーする部分。それぞれの保険会社が異なったプランを提供しているので、プランの内容も保険料も様々。

5　泡立つ水

毎晩遅くまで起きて、テレビで札幌冬季オリンピックを見たのは十二の時だった。私はABCの放送を、最後のクレジットが流れるまで見た。ジョン・デンバーが「ようこそ札幌」の歌を唄った後で、私はようやく眠ることにした。今、数十年後に、私は雪まつりのためにマイクに会いに行く途中だ。札幌の千歳空港には、新たな観光キャンペーンの一環として観光客を迎える、「ようこそ日本」の看板がある。

私は札幌駅で、マイクの同僚教師で友人のオーストラリア人のトニに会う。その日は土曜で、マイクは仕事をしている。トニは普通の、週末が休みのスケジュールだ。トニはマイクの鍵を持っている。昼食の後で、彼女にマイクのアパートまで送り届けてもらう。

もう一度、あらゆる不安感が浮上してくる。マイクは本当は、私に札幌に来てもらいたくはなかったのではないかと、なぜか思い込んでいた。目の前の事実が私の不安に効くとしたら、昼食の時のトニの話で、私のばかげた心配は解消されるはずだった。

「彼は、いつもあなたのことを話しています。ケニーはこうだとか、ああだとか。学校でとか、仕事の後で私たちが飲みに行く時に」

と、彼女はきついオーストラリア訛りで語る。

「私はここに五年いますが、自分は男性を見つけられずにいます」

札幌の通りのことで私が最初に気付いたのは、私たちが歩いている押し固められた雪の山だ。最初の角を左に曲がり、次に右に曲がって小さな通りに入ると、雪の山は徐々に高くなっていく。私たちは、マイクが住んでいると思われる、サンシャイン白石の前で止まる(なぜ日本では、サンシャインという名前の建物があんなに多いのか)。ガチガチに固められた二つの雪の山の間に削り出された、細い路が建物へと通じている。

マイクの鍵を持って迎えに来てくれ、アパートまで案内してくれたことをトニに感謝する。

「どういたしまして、ダーリン」

と、彼女は言う。

「またすぐに会うわ」

マイクのアパートは、日本の標準にしては、特に私の東京の部屋に比べると大きい。玄関の横にはシンク付きの洗濯室があり、シャワーと浴室につながっている。玄関を入った左側が設備の整ったキッチンで、鍋やフライパンがたくさん壁に掛かっている。冷蔵庫は、私の腰までの高さもない東京のアパートのものよりずっと大きい、フルサイズのものだ。

右側は居間に通じている。私は、雪の積もった小さなテラスをそっと覗いてみる。寝室だけを暖めているると、マイクが言っていたのを思い出す。居間では、クッション入りの座椅子に囲まれた、低いテーブルの下にヒーターが付いた、伝統的なこたつを使っているのだ。

私は、寝室への引き戸を開ける。マイクのベッドは、フラシ天の虎で一杯だ。このことは聞いていなかった。私は微笑む。私はベッドの上の虎の間で一休みし、マイクがそこで、最初に出会って以来毎晩、携帯電話で私と話してきたのだと考える。私は、今ではよく知る、マイクの匂いの中で呼吸する。

私は、仕事の終わったマイクと会う。二人で札幌の活気に溢れた歓楽街の薄野へ向かう。私たちはラーメン屋に行き、札幌の名物を注文する。バターコーンラーメンだ。

私たちは、できたてで熱々のラーメンのどんぶりを見下ろす。おいしそうな麺の上に乗っているのは黄色いコーンと、やはり黄色いバターだ。「バターコーン」と、名前に英語を使うという、日本語のしゃれた使い方を楽しみながら、二人は同時に言う。

食べ終わると、私たちはウインタージャケットのジッパーを上げ、今年の雪祭りを見に行く。市の公園のブロックというブロックが、さまざまな雪と氷の彫刻で埋まっている。彫刻は、私の背の高さ程度のものからアリーナの大きさのものまで、有名人から想像上の動物や実在の動物まで、さまざまだ。ピカチューに、私のトーテムのポケモン、さらにはクリストファー・ロビンの森からのクマのプーさんと友達を見ることができて嬉しい。

「虎たちにはもう会っただろうね」

と、マイクはちょっと間が抜けたように笑う。

私たちは、小さな子供たちが氷の迷路で遊んだり、氷の滑り台を勢いよく滑り降りたりするのを眺める。そして、数週間後には撤去されてしまう、こうした楽しい氷の作品を作るのに必要な膨大な作業について考える。自然に溶けるのにまかされるのだろうか、それとも壊されるのだろうか。

札幌での二人一緒の時はいつも、ベッドの中と外の両方での楽しみが、完璧に一体となっている。私たちは、マイクのひどく陽気な友人たちと出かける。一週間教えた後で緊張をほぐす彼らを見ていて、私の最初の日本滞在のことが思い出されるだけでなく、マイクと友人たちが、私より十五歳かそれ以上若いことに改めて気付かされる。

まだ直近のT細胞検査の結果を持ってはいたが、健康についての心配は、ほとんど意識せずに済んでいる。私が毎晩クマディンを服用することを、マイクはちゃんと思い出させてくれる。とはいっても、イアンが抗レトロウイルス薬を持ってきて、服用を始めることについての不安は確かにある。

二人の会話の中で、マイクと私は初めて、将来についての話への試験的な段階に、ためらいがちに踏み込む。私がフルブライトの後東京に留まり、教師をする可能性について話し合う。マイクは、二人が一緒に居られるように東京への転勤を頼んでみると言ってくれる。これからの何ヶ月かの間二人ができるだけ多く会えるようにするために、マイクの残りの休暇の日数をどのように使うのが、一番いいかについても話し合う。マイクは日本の多くの民話の故郷、遠野への旅に同行することも考えている。

私たちは、「だるま」という奇妙な名前の店に行って、ジンギスカンを食べる。この札幌伝統の食べ物は、ラムの直火焼だ。赤い提灯と顔をしかめたはげ頭の成吉思汗、それに店の外のかなり長い行列を見ても、人気店であることがわかる。

中へ入ると、たちまち眼鏡が曇る。眼鏡を拭うと、とても小さく、とてもほっとできて、昔ながらの、居心地のよい場所が現れる。三面のカウンターの周りに二十五ほどのスツールがある。カウンターの後ろには頭にはちまきを巻いた三人の年輩の女性がいる。女性たちはまるでマトンのすすほども年取っているように見える。何十年もの間焼き続けたバーベキューが壁に染みを付けている。ラムをむさぼり食べながら、マイクと私はこのジンギスカンが確かに美味しいことを認め、一口ごとにお互いに頷き合う。

ごちそうを食べた後で、私たちは札幌のすべてのゲイバーが入る建物へ向かう。マイクが私を連れて行くバーは、私の東京の部屋より僅かに大きいだけだ。

私たちが座るとすぐに、バーテンダーが、

「ジンギスカン食べましたか？」

と言う。

私でさえ、バーテンダーが聞いたことがわかる。食べたばかりのジンギスカンを私たちが楽しんだかどうか聞きたいのだろう。そして、自分たちの服が「だるま」の壁のような匂いがすることに気づいて、二人とも恥ずかしい思いする。


バレンタイン・デイのために、私たちは登別へ行く。そして、大昔の火山の噴火でできた月の表面のような蒸気を吹き上げる光景を見渡す、三十の色々な風呂のある温泉に泊まる。列車に一時間半乗った後、私たちは、街の小さな目抜き通りを歩いて上る。雪が降り始める。私が少し先に走り、そして向き直ると、風の中で私たちの二日分の荷物を持ったマイクが、有名な東海道の雪の日の浮世絵の版画の、真ん中にいるように見える。

私たちを部屋へ案内する女性が、浴衣について何か言う。女性は低いテーブルの上にきちんと畳まれた浴衣の一つを持って行く。女性はすぐに戻ってくる。そして、持ってきた別の浴衣を見せる。

「オー、アリガトウゴザイマシタ」

と、軽くお辞儀をしながら私は言う。部屋の浴衣が私には長すぎると気づいてくれたことを感謝する。新しい浴衣は前のものより小さく、私によく合うはずだ。私はマイクに、三年半ほど前に温泉で、私がつまずいたり、うっかり通りすがりの人に裸をさらしたりしないように、浴衣の直し方を教えてくれた年配の日本人女性の話をする。

マイクは、畳の部屋を喜ぶ。彼のアパートは洋式だ。これまで畳の部屋に泊まったことがなかったのだ。

午後の間に、私たちは三十の風呂全部を試してみる。屋外の露天風呂があり、マイクのお気に入りになる。零度をかなり下回る屋外で、言いようのないほど熱い風呂に入るのは、私たちのどちらも経験したことがない。日本では温泉につかる時によく頭の上に乗せる、小さな白いタオルの上に氷柱ができる。

小さな男の子たちの一団がお湯に駆け込み、そこから風呂の横に積まれた雪の中に駆け出す。子供たちは、雪をお湯の中に持ち込む。やけどしそうなほどのお湯の中で、雪はたちまち溶ける。

屋内に戻り、私は常に浮かんでくる泡で満たされた、ぬるめの円形の風呂に入る。

「こんなに泡を立てる水の中に何が入っているのか調べなくては」

と、私はマイクに言う。

「ドリス・デイの映画の中にいる気分だ」

「君は、日本のいかれたゲーム番組の出演者みたいだ」

マイクが多分もっと正確に言い表す。それは、とっぴで鮮やかな衣装の出演者が、一九七〇年代のレトロ調にデザインされたプレハブのセットで、あらゆる類いのばかげた障害を走り抜ける、くだらない番組のことだ。

私にわかるのは、今マイクといる時ほど、こんなにたくさん笑ったり、幸せだったりしたことはない、ということだけだ。マイクはお湯の滝の下に座って、私を見ている。勢いよく、終わりなく出てくる泡で満たされたドリス・デイの風呂の中で、跳ね回るのを終えたらすぐに、私はその風呂に入ることになる。


ほんの数年前でも、この一週間ほどたっぷり、時間を楽しむことは、私にはできなかったろう。健康についての絶え間ない不安が、他のすべてに優先してしまっていただろう。これはマイクのお陰なのだろうか。それとも自分が年を重ねてきたためだろうか。それとも日本に来たためだろうか。

数年前に、自分とは違う場所に住む男性との恋愛をスタートさせた時、自分がどうも悪いパターンを作っているのではないかと、心配になった。

このことをある友人に言うと、彼は笑った。

「なぜ笑うんだ」

と、私は聞いた。

「君はいつも旅していてめったに家に帰らない。君が住んでいない所に住む人たちと会うことになるのも当然だ」

そうならば、それはやはり悪いことではない。それでも、そのために恋愛関係が、特に初めのうちは、あらゆる行き来や、あらゆる再会や別れがあるために、もっと難しく、もっと不安なものになる。

今、東京に戻ってきて、この先自分を待つものについて考える。こうしたものは時と共にだんだんに容易になっていくのだろうか。


私は、少女時代に盲目となった三味線の師匠についての谷崎の有名な物語、『春琴抄』を読む。*春琴は、彼女の商家の丁稚の佐助と苦しみの多い関係にあった。春琴は佐助につらく当たるが、二人は秘密の恋人になる。

物語は、そして二人の恋愛関係は劇的に変わる。春琴が眠っている間に誰かが——誰かはわからない（佐助自身だろうか）——その顔に熱湯をかける。春琴の顔にはひどい傷が残る。春琴は誰にも自分を見られたくない。一緒にいることを春琴に許してもらうためだけではなく、いつも春琴を自分の知る美しい女性として思い出すためにも、佐助は自ら盲目になる。佐助は美しいままの春琴という「滅びることのない理想」を持ち続ける。それは「つい二た月前までの」春琴の優美な白い顔だ。春琴の顔が、

「鈍い明かりの圏の中で来迎物のごとく浮かんだ」

これは、もののあわれに対する日本のアンチテーゼで、いかに無益であろうと、美と、美への愛情、そして愛情そのものが薄らいでいかないようにするために、瞬間を凍り付かせ、時そのものを止める試みなのだろうか。

その晩マイクはいつもより少し早く、私にテキストメッセージを送ってくる。メッセージにはできるだけ早く彼に電話するようにと書かれている。部屋に戻るとすぐに、私はマイクに電話をかける。

「父親が死んだ」

「冗談だろう」

「朝、心臓発作で死んだんだ。明日か明後日に帰国するために、チケットを取ろうとしているところだ」

「どのぐらい行っている」

「わからない。多分三週間だ。残りの休暇を使わなくてはならない。来月君とトロントへ

は行けないだろう」

「そのことは心配するな。一緒にカナダに戻れたらいいんだが」

「無理なことはわかっている。君には対処しなければならない健康の問題があるし、イアンも来ることになっている」

「成田経由の飛行機で行くようなら、乗り継ぎの時間があれば君に会える。調子はどうだ」

「シャワーで一時間泣いた後で、一晩中コンピュータゲームをしていた」

「一緒にいられたら良いんだが」

「君に話せるだけでも助かるよ」

電話を切ると、自分がいかにも役立たずに思えてくる。だがマイクの言うとおりだ。イアンが来週持ってくる、抗レトロウイルス薬を飲み始めなければならず、カナダに戻るマイクに同行することはできない。

何とかして、何であれ治療によって生じるかもしれない問題に対処すると同時に、大陸や大洋によって八千キロ以上隔てられてはいても、マイクがこの事態を切り抜けられるようにするための方法を見つけ出さなければならない。

その晩、寝る前にもう一度マイクに電話する。そして翌朝、また午後に電話する。私たちはその晩にまた話し、私は翌日、成田での乗り継ぎの待ち時間の間の、短い昼食時間にマイクに会う。

マイクが出発ゲートに行かなければならない直前に、私は、

「愛している」

と言う。

「僕も愛している」

とマイクは言い、セキュリティチェックとイミグレーションのドアの先に姿を消していく。

閉じられたドアを見つめていて、健康の問題さえなければ自分は閉じられたドアの向こう側にいたはずなのだと思う。マイクと一緒にカナダに行っていただろうと。

空港からの帰りに一人で、私はパニックに陥る。理屈に合わないかもしれないが、マイクの生活に、突然死を持ち込んだのは自分のような気持になる。


【訳註】

春　琴

谷崎潤一郎の小説『春琴抄』の主人公である盲目の三味線奏者。この小説では、春琴に丁稚の佐助が献身的に仕えていく物語の中で、マゾヒズムを超越した本質的な耽美主義が描かれる。

6　私の日本

マイクがカナダにたった二日後、私はイアンを日本に迎えるために、また成田空港に行く。二人が私の部屋に着くと、イアンは四カ月分の抗レトロウイルス薬を渡してくれる。私は、それをしっかりと机の引き出しにしまう。イアンに日本を見せる時間を、副作用に邪魔されたくはない。薬を飲んだ後の最初の日に一人でいたくもない。だから、イアンが出発する三日前の晩に、錠剤の服用を始めようと考える。

イアンが来ている間、私は毎晩夜中にマイクに電話し、彼がカナダでどうしているか確認する。最初の日本滞在の時とは違って、今回私は、別の時間帯を意識せずに生活してきた。今マイクがカナダにいて、北米では何時かということを再び意識している。マイクの父親の葬式の日、彼に花を贈るのにちょうどいい時間を計算する。

イアンと私は京都に旅する。私は彼に、日本について多くのことを教えてくれたお気に入りの庭園を見せる。

私たちは松尾大社の、神聖な巨石が集まった神のすみかである磐座《いわくら》を現代風に表現した、上古の庭を訪れる。丘を登るにつれて岩は大きくなり、八トンの重さにまでなる。岩がそのようにデザインされているために、丘の頂では、最大の、最も重い岩が重力に逆らって立っているように見える。いつでも飛び去り——でなければ今にも丘を崩れ落ちなんばかりだ。

イアンが芸者を見たがる。

そこで、ある雨の夜、私たちは祇園へ行く。そして、昔からの京都の木造の家である町屋と赤い提灯が並ぶ通りを歩く。車が私たちを行き過ぎたところで止まる音がする。振り返ると、運転手が車から降り、タクシーの反対側に回って傘を開く。運転手が助手席側のドアを開けると、中から一人の盛装した芸者が現れる。運転手が傘を差し掛けて一軒の町屋まで送り届ける時に、芸者の下駄の音が濡れた歩道に響き渡る。

京都での最後の夜は旅館に泊まる。浴衣を着て、イアンと私は、低い漆塗りのテーブルの両側の座布団に座る。膝立ちをした着物姿の若い女性が、最初の料理を出してくれる。二品目は、別の女性が持ってくる。やはり着物姿の別の若い女性が、三品目を出してくれると、

「一つ一つの料理を別々の女性が持ってくるのかい？」

と、イアンが聞く。

それに答えるように、障子が横に開いて最初の料理を持ってきたと時と同じ、着物姿の若い女性が入ってきて、四品目を出してくれる。

三時間以上たって、九品かそれ以上の料理を食べ終えた後で――私はちゃんと数えて覚えておこうと毎回誓うのだが、いつも懐石でいくつ料理が出されたか数え損ねてしまう――イアンは、私が日本で何度も何度も経験したと同じ感動に捉えられてしまっていた。そして、私が日本を「美化」していなかったことをとうとう認めて、

「まさに君が話してくれたとおりだなんて、信じられない」

と言う。

イアンが風呂に入る時間だ。とても熱いお湯に約二十分間つかるのが普通だと、私はイアンに言う。

イアンが風呂に入っている間に、私はマイクに電話する。

「どうしている？」

「胃にパンチを食らったような気分だ。朝起きるとすべてが夢のような気がする」

「ウイルスのことを知ってからずっと、僕もそんなふうに感じていたよ」

葬式のことを話してくれた後で、マイクが聞く。

「薬を飲み始める準備はできたかい？」

「東京へ戻ったらね」

「そろそろイアンが風呂から戻るのじゃないか」

一時間以上して、イアンが部屋に戻ってくる。

「どこにいたんだ」

「素晴らしかったよ。浴槽から出られなかった」

「この旅館でふさがっているのが、他には一部屋だけのようでよかった」

私たちは笑い、笑いを鎮めようとすればするほど、ますます止まらなくなる。

薬の服用を始めるまではあと二日だ。イアンと一緒にいられる時間が、徴兵される兵士の最後の夜のように感じられてくる。生き延びるためには薬を飲まなければならない。これが私の人生に残された、そのことに縛られない最後の日々だ。


京都をたつ日の朝、私は早起きする。そしてもう一度、清水寺で音羽の滝の癒しの水を飲む。

東京へ戻る途中に、私のお気に入りの日本の画家である光琳の、有名な*「紅白梅図屏風」を見るために、私たちは熱海で途中下車する。

熱海で、本物の梅の花が咲く時期であることに気付き、美術館に向かう前に、観光案内所に立ち寄る。

「梅の花は咲いていますか?」

と、私は英語を話す案内所の職員に聞く。

「咲いていないと思います」

「梅の花が咲いているとすれば、どこにありそうですか？」

「そうですね。確かではありません。でも梅林なら多分」

梅林の場所と、美術館との位置関係を地図上で示してもらった後で、私たちは光琳の屏風を見に行く。

光琳の屏風は実は二枚からなり、それぞれ幅が百七十センチ、高さが百五十センチを少し超える程度の大きさだ。イアンは屏風を見た瞬間に右手を口に当て、それを見て、私には彼が圧倒されたのだとわかる。

中央へと流れるように昇っていくいくつもの湾曲した線と円によって、暗い流れの茶色の表面のさざ波が表現されている——青みがかった銀の地色の中から切り出されたかのように見える茶色の線を、光琳がどのようにして描いたのか、その秘密を、批評家はいまだに発見できずにいる。左の白梅と右の紅梅という、注意深く観察された梅の木は、デザインの抽象性とは対照的だ。花自体が、梅の木の幹の上の淡く光る緑の苔の斑点と響き合っている。

屏風の前に十分とも一時間とも思える時間黙って座った後で、私たちは美術館を後にし、タクシーで梅林へ向かう。梅林に近づくにつれ、人通りが多くなる。いくつものグループが、私たちと同じ方向へ歩いて行くのが見える。

タクシーを降りると、私は群衆の間を走っている。正面に、細い流れの両側に並ぶ梅の木が次々と見えてくる――どれも花を咲かせている。白、薄いピンク、濃いピンク、そしてあらゆる色合いの赤がある。強い日差しを浴びた遅い冬の午後を楽しむ、ほとんどが年配の日本人の夫婦である群衆の真ん中で、私は涙を抑えられない。

ある晩、マイクは父親と話していた。次の日、父親は死んだ。私は具合が悪くなりたくない。私は死にたくない。まだ見るべきもの、やりたいことがたくさんある。

私は振り返って、イアンを見つける。彼は私のすぐ後ろにいて、次々と梅の木の写真を撮っている。彼は、おびただしい花の間を走る私の写真を、何枚も何枚も撮る。

イアンは、私が何を感じているかわかっている。彼には何も説明する必要がない。

東京に戻った最初の夜、薬を飲み始める予定だった夜に、私たちはとても遅くまで出歩く。私は、服用の開始を延期する。

私は、マイクに電話する。

「今晩から薬を飲み始めるには、帰りが遅すぎた」

「やらなくてはならないことだ」

「わかっている。きちんとやりたいと思っているだけだ。どういう意味でも」

イアンは日曜の朝に出発するから、薬を飲み始める日に一人でいたくないと思うのなら、明日の晩には、服用を始めなければならないということになる。

次の夜、私は早目に帰宅するようにする。十一時に、残りの人生と考えているものがいよいよ始まる。二錠の錠剤を飲む――一つは黄色で一つは青だ。これには、うまくいけばＨＩＶウイルスを食い止めて、免疫系の機能を維持する、三つの薬を併せたものが入っている。

夜中に、興奮状態とひどい眠気の両方を感じて、私は目を覚ます。びっくり《ファン》ハウスでハイになっているような感じだが、実際はそれほど愉快《ファン》ではない。決まったパターンなしに、この小さい部屋が広がったり縮まったりする。その時々で何が起ころうとしているのかわからず、不安のためと常に大きさを変える部屋のために落ち着かない。

状況を確実に知ってもらうために、イアンを起こす。自分の声の聞こえ方がおかしい。最初は早くなる。次には遅くなる。

このことは誰も警告してくれなかった。ベッドから出ていて、宙を飛べるような気分だ、それは東京であれどこであれ、夜中に小さな部屋で決して覚えるはずのない感覚だ。

それを眠りと言うことができればだが、私は眠りに戻ることができる。私の夢は、鮮明な三次元のものだ。夢の中では誰の声も、さっき夜中にイアンを起こした時の私の声のように聞こえる。

朝には、誰の、そして何の夢を見たのかは思い出せないが、まだめまいがひどいのは確かだ。ほとんど頭を上げていられない。

だが、この日はイアンにとって東京での最後の日だ。彼の最後の日を、二人で私の小さな部屋で過ごしはしないと決心する。宮崎アニメを展示するジブリ美術館のチケットを残してあった。ジブリ美術館は、東京の西の郊外の三鷹にある。

イアンは、私がどうかしていると思う。

薬を飲んでいる時に外の世界でどうなるか、信頼できる人と一緒に観察したいとイアンに言う。副作用が続くようなら、これからの日々がどのようなものになりそうかわかるだろう。これは、今後の生活を考えるのに良い実験だと思う。

「最悪でも、気持が悪くなってタクシーで帰らなければならなくなるぐらいだ」

出かける準備ができると、吐き気がひどくなる。地下鉄への途中で、立ち止まって自分の状態を確認する必要がある。乗り換えの時に、日本の駅にトイレがあることに感謝する。吐きそうになるが、ぎりぎりでトイレに間に合う。

三鷹への電車で、今どこにいるのか見るために頭を上げることができない。降車駅で確実に降ろしてもらうために、どこで降りるのかイアンに言う。

降車駅に着く頃には、目まいも峠を越えはじめる。まだ不安定ではあるが、いくらか自分を取りもどす。ジブリ美術館までタクシーに乗らずに歩いて行けるほどには、元気を取り戻せたような気がする。

私たちは、細い玉川上水に沿って歩く。ここで、一九四八年に当時三十九歳の作家、太宰治と愛人が入水した。心中だった。今は川がとても浅い。危険どころか、全身を沈めることすらできないだろう。

ジブリ美術館ではゆっくりと鑑賞する。空腹で喉も渇いたが、何か食べれば吐き気が戻るのではないかと心配だ。

美術館の屋外のカフェで、手製のアップルアイスなら少しは食べられると、イアンに説得される。私は甘酸っぱいアイスを、ゆっくりと味わう。何か食べ物を試してみられるぐらいにまで、気分がよくなっている。

イアンは、疲れ切っているようだ。昨晩と今日のことで、二人とも疲労困憊してしまったのだ。

「今日美術館へ来てよかった」

と、私は言う。

「あんな調子で一日をスタートさせておいて、最後は僕より元気でいられるのは、知り合いの中では、君ぐらいだ」

翌朝、私は丘を下って空港へのバス停まで、イアンと一緒に歩く。

「いろいろありがとう」

と、お別れの抱擁をして、私は言う。

「楽しんでもらえたらいいけど」

「とても楽しかったよ。今は君の好きな日本を直接知っている。体に気を付けて」

私は、イアンがバスに乗るのを見守る。混雑した東京の通りへと、バスが見えなくなっていくのを見送る。

部屋に戻るために丘を登っていて、私は今イアンと、双方にとって一番良い関係にあることを確信する。このことを完全に受け入れるには、私が日本に戻り、マイクと出会うことが必要だった。イアンは他の誰よりも、私のことをよく知っている。私が行く手に困難を抱えていて、ここでどれほど幸福かを見ていった。そして今イアンは、私の好きな日本を直接知っている。

部屋に戻ると、完全に疲労困憊している。だが昨日、肉体的に勝算が少ない中で頑張り通せたことが嬉しい。少なくとも今は、薬の副作用と共に生きるのが、どんなことになりそうかがわかりかけている。

山々、木々、滝、岩、さらには人工物の中にまで宿っている神々は、あの錠剤の中にもいるのだろうか?

錠剤の中に神が存在する可能性があるにしても、今晩の服薬は楽しくはなさそうだ。二晩前に錠剤を飲んでから経験してきたことは、わずかであっても経験しないで済んだらありがたい。だが、免疫系の崩壊を止めてくれることを期待して、私は錠剤を飲む。一回でも服用し損なうと危険なのだ。ＨＩＶウイルスはとても容易に変異し、そうなると、この薬への抵抗力を持つようになる。

もう一度、私のことを、行く手に現れる何に対しても対処できる、強い人間だと言ってくれた、すべてのセラピストとすべての友人のことを思い浮かべる。今は、多分あの人たちの言うとおりだということを、反抗してきた分だけ多く学びつつある。この六カ月、特にこの数週間に、多くのことに対処してきていて、自分でも信じられないくらいだ。だがそれでも、日本にいて私はとても幸せだ。

電話が鳴るが、私は自分がどこにいるかさえわからない。床の上で眠り込んでしまっていたに違いない。私がちゃんと服用しているか確かめるための、マイクのカナダからの電話だ。どちらも疲れ切っていることを認め合う。水曜日に、マイクは戻ってくる。私は成田に迎えに行き、一時間半のバスの旅を羽田まで共にし、そこでマイクは、札幌行きの飛行機に乗る。

この三週間、マイクは電話では大丈夫なようだったが、父親の死の影響はどんなに大きいだろうと思う。とても短い時間に二人が多くのことを経験してきた後で、マイクにもう一度会えば、どういうことになるだろうか。

薬のためにまだ吐き気がする。土曜の朝にイアンが帰って以来、アパートから出ていない。自分の部屋という安全な場所を離れ、外のよく晴れた春のような日の中に出ると、まだ目まいがし、ふらふらする。

自分の状態をつかむために、まず、成田への電車の駅に近い、十七世紀初めの回遊式庭園の小石川後楽園へ行ってみる。くねくねと曲がる園路を進み、池、石灯篭、滝を過ぎる。中央が高くなった円月橋で池を渡ると、波紋を描く水面で、橋が完全な姿になるのが見える。

目的のものを見るために、庭園の北東の角に進む。遅れ咲きの梅林だ。遠くからでも、白、ピンク、赤の花が見える。これを見て、錠剤を飲み始める前日に、熱海で最初に梅の花を見た時に感じた恍惚感がいくらかよみがえってくる。陽気な色合いの梅の花、曲がりくねった幹と枝、近づいた時の空気中の芳香は、薬の副作用の完璧な解毒剤のようだ。

私が目の当たりにしているそうした自然現象によって、HIVウイルスを食い止めることができさえすればいいのだが。だがすでに三月も中旬を過ぎていて、これらの花もあっという間に、木からだけでなく、多くの花が落ちている地面からも姿を消してしまう。

私にはいつかははっきりとわからないが、すぐに、伝統的な桜、よく知られた桃の花など、日本の代名詞となっている別の花々が咲き始める。多分錠剤を飲む前と後の間の区分は、はっきりとしたものではないのだろう。

私は国際便到着エリアで、マイクを待つ。十一月にこの空港で最初に彼に会った時には、今こうして彼が父親の葬式から戻るのを、待っていようとは思いもしなかった。税関と手荷物受取所エリアへのドアが開く。到着便の旅客がパラパラと、荷物を抱えたり引いたりしながら現れる。そして、四カ月前に始めて会った時と同じ、灰色がかった緑のスーツ姿のマイクがその中にいる。

だが、今マイクはやつれて見える。嬉しそうに私に挨拶するが、そこには最初の出会いと同じような、不安と期待が入り混じった気持はない。どうしてそうなるのか。悲しみは長いプロセスだ。二人が出会ってから私が経験したすべてを支えて、マイクが共にいてくれたのと、まさに同じように、マイクと共にそうしたプロセスのすべてを経験したいと自分が思っていることは間違いない。

羽田行きのバスの中で、形を変えた二人の体はまだお互いを覚えている。マイクの手が自然に私の手に収まる。その頭が、そっと私の肩にもたれかかる。

バスの中での親密な時間が終わると、二人一緒の残った時間はあまりにも短すぎる。マイクの飛行機の出発予定まで一時間もない。

ターミナルの外で眠気が戻ってくる。私はほとんど目を上げることができない。

「君が中に入る必要はないよ」

と、マイクが言う。私の体が、これ以上持ちそうもないことがわかっているのだろうか。

「大丈夫か？」

「搭乗したら電話するよ」

「すぐに札幌で会えるさ」

私たちは抱き合う。マイクが、ターミナルのドアの中へ入っていく。

外でバスの到着を待っていて、マイクに二度と会えないかもしれないという気がしてくる。父親の死の後で、マイクも元通りではあり得ない。錠剤を飲み始めた後では、私も前と同じではない。もう一度、これまで多くを学んできたにもかかわらず、そんなことができるとでもいうように、私は時を戻したいと思う。


【訳注】

紅白梅図屏風

琳派の中でも最も名の知れた絵師の一人、尾形光琳が晩年に手がけた代表作、国宝。琳派芸術の最高傑作ともされる。屏風には、紅白の梅の花が咲く二本の梅樹と、画面上部から下部へと末広がりに流れる水流が描かれている。

7　前と後

私は、いわゆるヒロシマ・ガールズである原爆乙女のうち、今も生存している二人へのインタビューの手配をする。そして、広島を再訪する前に、一九五五年の五月に治療のために日本からアメリカに渡った二十五人の被爆者について、できるだけ多くのことを調べる。

原爆乙女プロジェクトは、谷本清牧師の流川教会で、若い女性被爆者が集まったことによって始まった。グループの主な目標は、聖書を読むことで若い女性が、精神の安定を取り戻せるようにすることだった。多くのメンバーは、キリスト教の教えを実践することはなかったが、一部のメンバーは東京で治療を受けた。

平和主義者で『サタデー・レビュー』誌の編集者だったノーマン・カズンズが、一九五三年に広島を訪れた。谷本牧師は、彼をこのグループに引き合わせた。若い女性たちを助けるために何ができるかと、カズンズは谷本牧師に尋ねた。一年半後に、カズンズはグループをアメリカへ招待した。

最初から、米国政府はこのプロジェクトに対してあまり協力的ではなかった。被爆者の若い女性たちを治療することは、原爆投下における米国の責任を認め、他の被爆者に対する新たな義務を負うことになると考えたからだ。カズンズは、治療のために、この若い女性たちを渡米させるために、民間からお金を募ることを委ねられた。そして、家族の友人でニューヨークのマウントサイナイ病院理事長のウィリアム・ヒッチグ博士の助けを借りて、無料の手術と入院に同意するよう同病院の理事会を説得した。

広島旅行のための荷物をまとめていて、私は錠剤のことをあれこれ考える。まず、地震のことが頭に浮かぶ。私がいない間に、東京で地震があったらどうなるだろうか。旅行が計画より長引いたとしたらどうなるだろうか。何錠の錠剤を持って行くべきなのか。残りを置いていっても大丈夫だろうか。何カ月分もの薬を持っているので、私は必要な分に加えて一週間分を持って行き、残りを机の引き出しに置いておくことにする。

服用をどうしたらいいだろう。広島に一人でいて、副作用で旅行に支障が出ないだろうか。まだ自分だけでこんな旅行が本当にできるだろうか。

私の広島再訪は、午後遅くになる。ホテルに着いた後で、平和公園へ歩いていく。最初の訪問の時と同じように、午後のこの時間には公園は人気がない。骨組みだけの原爆ドームで、破壊された建物の一部を支える何本かの梁があることに気付く。私は、前回の訪問の時に、こうした支持構造があったことに気付かなかったのだろうか。それとも前回来た後で、工事が行われたのだろうか。

夕暮れが近づく頃、私は原爆の子の像の前を通り過ぎる。今回も、明るい色紙の何連もの折り鶴が、記念碑の周りに置かれている。

私は早目の夕食を取るために、*お好み村へと歩いて行く。それは倉庫のような四階建ての建物で、キャベツ、もやし、肉、魚、麺の層が重なった日本風のパンケーキであるお好み焼きの、屋台ほどの小さな店が数十軒入っている。前回の訪問の時に食べたと思われる店に入り、イカと何かわからない別の具材の層がある、スペシャルお好み焼きを注文する。

注文した後で、隣の若い女性が車いすを使っているのに気付く。これまで東京以外で車いすを使っている人を見たことがなかったので、びっくりする。

ホテルへ歩いて戻り、お互いに身体的な障害があるために、前回会った沼田さんと、足を引きずっている通訳のケイコさんとの関係が、とても親密だったのだと思う。

今、原爆乙女の生存者の一人にインタビューする前夜に、放射能が生存者の体内を駆けめぐるのと同じように、私の体内でも負の刻印が動き回っていることが、たとえ目に見えずともはっきりと感じられる。生存者自身には何の過ちもないのに、彼らの人生は、当時誰にも知り得なかったばかりか、生き残っている人たちにとっても、いまだにわからないような形で変えられてしまった。

ここで、広島再訪の最初の夜に、私の人生の変化が、体内に隠れているＨＩＶウイルスと同じように強烈なものであることを改めて知る。

夜間に、私は急にトイレに行きたくなる。薬のために、消化についてあらゆる種類の問題が起こるかもしれないと言われていたが、これまでは運が良かった。今度はそうはいかない。用を済ませて、トイレの中に血が見られるのに気付く。血液希釈剤が多すぎたためか、抗レトロウイルス薬のためかわからない。これが続くようなら、インタビューをキャンセルして、東京へ戻らなければならない。

朝になると胃の切迫感が戻って来る。今度は、血の兆候はない。とにかく続けられそうだ。私は*佐古美智子さんにインタビューする予定で、彼女は私を、広島市外の自宅に招待してくれていた。畳の部屋に低いテーブルを囲んで、私は通訳のケイコと一緒に座る。佐古さんが、お茶を出してくれる。壁の目立つ場所に大きなキルトが飾られているのに私は気付く。

私たちは男性の被爆者のことと、なぜ女性の生存者が注目されることが多いのかについて話す。

「誰でも美しい女性が好きなのです。ですから少年よりも少女の方に関心が集中するのです」と、静かだがきっぱりとした声で、佐古さんが言う。

「誰でも美人が好きです」

　彼女のこの言葉を聞いて、私は谷崎の春琴とのつながりを考える。春琴が自分の傷ついた顔を見ることを誰にも許さなかった時、佐助は自分がかつて見た、熱湯によって傷つけられる前の春琴の顔だけを、心の目に見ることができるよう、自分の目をつぶす。

　佐古さんが彼女の物語を話すのを聞いて、今回も、他の被爆者のものに似た表現が彼女の物語にも含まれていることに衝撃を受ける。彼女が爆発地点からどのぐらいの距離にいたか。閃光。炎。そして水。

「私は遠くへ逃げようとしました。水を飲みましたが、その水はとても汚れていました。兵士の一人が、私がやけどをしているから、あの水は決して飲むなと言いました。私は、顔をやけどしていたので、考えることができませんでした。顔がひどく膨らんでいました。何も見えませんでした。時間も、自分がどこにいるのかもわからず、ただ横たわっていました。車の音が聞こえましたが、多分死体を運ぶ荷車だったのでしょう。二人の兵士の声がしました。『死体があるぞ』。一人が私を拾い上げました。『死体が多すぎてこれは運べない』。そこで私はそこへ残されました。そしてそれが、運命だったのだと思います」

　佐古さんの言葉を聞いて、肺の血餅のために私が入院した時、シェイ医師が「命を救うための承認」と呼んだことを考える。もし、自分の免疫系に何が起こっているかを観察する必要があることを知らずに日本に戻っていたら、いったい、どうなっていただろうか。

「日本へ戻った後の生活はどんなでしたか？」

「一言では言えません」

と、佐古さんは言葉を止める。

「アメリカへ行く前は、私は働いていました。縫物をしていました。ミシンを使っていました。戻った後でも働いていて、生活は渡米前と変わりませんでした。でも私に会った人たちは、『あら、きれいになったね』と言ってくれました」

「原爆乙女の経験はとても重要だったと思いますか、それとも人生の一つの経験にすぎなかったと思いますか？」

「はい、アメリカに行って整形手術を受けたのは、私の経歴の中で一番重要な部分です」

「キルティングを始めたのはいつのことですか？」

「クエーカー教徒のホストファミリーで、私の寝具はキルトでした」

佐古さんは、私たちにキルトの模様のサンプルを見せる。

「この模様の一部は火を意味し、別の部分は愛を意味します」

と、彼女は説明する。

始めは、佐古さんがなぜ、特にこのキルトの模様を私たちに見せているのかわからない。そして、彼女の説明を聞いているうちに、ニュージャージーでホストファミリーと生活していた時の、ベッドのキルトの模様を見せてくれていることがわかる。

「この模様の意味を知って、とても感動しました。一九五〇年代にホストファミリーと暮らした場所に戻りたいと思います。若さを取り戻すことになるので、そこをもう一度訪れたいと思います。アメリカへ行った時は、前のようにきれいになりたいと思っていました」

「ケニーさん」

前回広島に来た時に沼田さんとのインタビューの通訳をしてくれたマリコだと、私にはすぐにわかった。マリコは、今日の*山岡ミチコとの面談の通訳をしてくれる。ワールド・フレンドシップ・センターの応接室に座ると、山岡さんの後ろの壁を飾る何連もの色とりどりの折り鶴が見える。

「ニューヨークから戻ってから、もう五十年以上たちます」

七十五歳の山岡さんは、低く、思慮深い声で言う。

「一九五五年には、私は普通の外見を取り戻したいと必死に思っていました。アメリカが原爆を落としたのですから、私は、治療してもらって当然だと思っていました。もちろん、アメリカだけでなく日本政府への憎しみもありました。戦争を始めたのが日本だったからです。私は非常に大勢の善意のアメリカ人、特にクエーカー教徒に会い、そのために考え方が変わりました」

山岡さんは、話し続ける。

「二十五人の少女が原爆乙女として選ばれました。当時、多くの人たちが整形手術をしたいと思っていましたが、そういう人たちは混乱していました——原爆を落としたのがアメリカだったためです。私たちがアメリカに行くのを、多くの人たちが陰で批判していて、自分が選ばれなかったので嫉妬していた生存者もいたかもしれません。そうした人たちは、アメリカで整形手術を受けることを怖がっていました。そして、アメリカに到着するとすぐに、二十五人のうちの一人が麻酔のために死にました。私たちはとても怖くなりましたが、このプログラムは草の根の人々と谷本牧師の働きかけから始まりました。牧師は、続けるよう私たちを励ましました」

「私は、ニュージャージーでクエーカー教徒の家族の所に滞在しましたが、英語が話せませんでした。私は引きこもりました。一人で外へ出たがりませんでした。二十七回の手術を受けました——東京とニューヨークでの治療の合計です。三十七回だと言われたこともあります」

と、山岡さんはしわがれた声で笑う。

「アメリカにいる時には、私たちがどのように選ばれたか知りませんでした。私はノーマン・カズンズや他のことを知るようになりました。そして、選ぶための四つの基準のことも知りました。まず顔と腕のケロイド状のやけどです――明らかに私の見た目はとてもひどいものでした。父は私が三歳の時に死に、母親と私だけで暮らしていて、そのためとても貧乏でした。私は未婚で若かったのです。それと治療が成功する可能性で、それはいかにもアメリカ的です」

「どうしてそれがアメリカ的だと思うのですか？」

「それが選ばれた理由なのです。手術が成功しそうだと思われたからです。私の首は肩にくっついていました。多分医師が広島で私を見た時、皮膚を移植すれば首をまた動かせるようになると思ったのでしょう。つまり、実際的なのです。ですが、顔にはあまりひどいケロイドがない人もいました。それで、これが基準なのだとわかりましたが、なぜ選ばれたのかわからない人たちもいます。乙女の一人は既婚でしたが、このことは新聞には隠されていました。彼女がようやく公に結婚式を挙げたのは、日本に帰ってからのことでした」

「一九五六年に私たちが日本に戻ると、原爆乙女の経験がきっかけで、一九五七年に日本政府が原爆生存者への援助を始めました。ですが、私が日本に戻った後、私は自分のことを話しませんでした。帰国後十年して、母が病気になり死期を迎えました。母は私に、私が話をすべきだと言いました。母親が死んだ後、母親が私の命を救ってくれたので、私は話すことにしました」

山岡さんは、母親に敬意を示すかのように言葉を止める。再び話し始めると、彼女の声はもっと力強いものになっていく。

「原爆の後の十年間、顔がとても醜く、異様で、傷ついていたために、私は日本でいじめられました。私たちには、お金も家もありませんでした。私の首は肩にくっついて、指もくっついていました――三本の指がくっついていたのです。指を動かすことができませんでした。ひどいやけどでした。肌の色が、日ごとに薄くなっていきました。顔にはケロイドの傷があります。長い髪で顔を隠していました。ですが、私は大勢の人たちに会い、助けられました。友情と親切です。こうした出会いが、私の生き方を変えました。原爆に被爆した時、私は十五で、アメリカへ行ったのは二十五の時でした。私は体だけでなく、心も癒されました」

「あなたが日本に戻った時の日本人の反応は、アメリカの人たちのものとは違いましたか」

「その頃、私たちにはお金がありませんでしたが、私たちは手当として、五千円を使うことができ、それがアメリカで私たちが持っていたお金のすべてで、もちろん、私たちは英語を話せませんでした。谷本牧師は、資金集めのためにあちこち旅をしました。「ディス・*

イズ・ユアー・ライフ」に出演したことはご存知でしょう。番組の後で、牧師は六千ドルを集めました」

山岡さんは、谷本牧師を取り上げた人気テレビ番組について話る。ホストは牧師を、高齢の教師たちだけではなく、*原爆を落とした爆撃機のパイロットとも対面させた。放送の終わりにかけて、二人の乙女が登場した。だが、二人の顔は映されなかった。スクリーン上の影絵人形のように、シルエットで映し出されたのだ。

促されることもなく、山岡さんがこの午後、初めて原爆が落ちた時の体験を語る。彼女の家や職場が爆心からどれぐらいの距離だったか。B29。戦争中の物資の欠乏。原爆の閃光。

「頭の上で爆弾が破裂した時、自分は死ぬと思いました。周り中で火が燃えていて、私は瓦礫に挟まれていました。私は、母親に命を助けられました。爆発の後、母親は私を探し、見付けるまで決してあきらめませんでした。私は、大勢の人々が次々に死んでいくのを見ましたし、その人たちは水を飲むとすぐに死にました。川に飛び込んだ人たちも死にました。大勢が死んだ時に自分だけ生き残ったのは恥ずかしいことだと、長い間考えてきました。ですから、こうした恐ろしいことは私の心に刷り込まれました。この川を見ると、たくさんの死体が浮かんでいたのを思い出します」

私たちは黙り込む。

「戦争中、私は動員学徒として働いていました。その前は弾薬工場で働き、パラシュートを作っていました。それで、戦後十年間、私は外出しませんでしたが、家でドレスを作って働きました。アメリカから戻った後、また家でドレスを作り始めました。パラシュートの中には絹が使われているものがあります。工場で働いた時には材料が絹だということは知りませんでした。私は、そのパラシュートをドレスに作り変えたのです」

「原爆乙女と呼ばれて、どんなふうに感じましたか？」

「最初は、原爆乙女というのは未婚の意味だと思いましたが、既婚の人も何人かいて、だからおかしいと思いました。ですが今では、原爆乙女と呼ばれても問題はありません。本当のことですから。私はアメリカに行きました。当時私は、普通の容貌を取り戻したいと必死に思っていました。それがアメリカに行った、ただ一つの理由です」

「日本に戻った時、あなたの外見が変わったので、みんなの対応も変わりましたか？」

山岡さんはすぐに私の質問を理解し、通訳を待たずに話し出す。

「戻った後は……」

「彼女はあなたの英語をわかっています」

と、マリコが言う。私たちはみな笑う。

「みんなはきれいだねと言いましたが、その前は、いろいろな言葉で、私に残酷なことを言っていました。その後は言われなくなりました」

「もっと整形手術が必要だったのですか？」

「それ以上の整形手術は受けませんでした。ですが私にはがんがありました。母が死んだ時に生きる希望を失い、それで自殺しようとしました。

　その時に教皇のジョン・ポールが広島を訪れ、私は乳がんのために入院していました。私は母を失いました。私は絶望し、何の希望も持てませんでした。教皇はパレードをしました。私は教皇のパレードを、ハナダ先生の病院の窓から見ることができました。私が窓からパレードを見下ろすと、教皇が見上げました。多分私が白いガウンを着ていて、それが窓からとてもよく見えたのでしょうが、それで私は教皇に手を振り、教皇が私を見上げ、私に手を振り返してくれました。それで私は、自殺をやめました。その後、私は幼稚園で働き始めました」

　インタビューが終わる。

「素晴らしいことです」

と、マリコが言う。

「私は山岡さんのために何年も通訳をしてきましたが、あなたに対してほど率直に、彼女が話すのを聞いたことはありません」

山岡さんが私に対してそんなに率直になれたのは何故なのか。私の障害のせいだろうか。私が彼女同様、自分ではどうにもできない体の中の何かと戦っているのを、感じ取ったからだろうか。

「このような素晴らしい色の折り鶴はどこで手に入りますか?」

私は、センターを運営しているアメリカ人のカップルに聞く。

「これをお持ちください」

日本人スタッフが、ピンク、赤、青緑、緑、黄色、紫、白と色とりどりの三連の折り鶴を、壁から降ろして持ってくる。彼女から折り鶴を手渡され、私は折り鶴を手に入れられたことを喜ぶ。だがどうやって東京に持ち帰ろう。自分の小さな部屋のどこに置いたらいいだろう。

ホテルに戻り、部屋の実用的なデスクの椅子に掛けた色とりどりの折り鶴を見る。青と黄色の鶴が、私の錠剤の色と一致しているのに気付く。そして、普通の容貌を取り戻したいと思っていた山岡さんが、パラシュートもドレスも共に絹でできていることに気付いて、パラシュートをドレスに変えるようになったことを考える。

そして、最初に広島に来た時同様、記憶に一番良く残っているのは数字や事実ではない。私の中に残っているのは、生き残るための根源的な闘いだ。想像もつかない恐怖を経験した後で、間違いなく肉体的、感情的なトラウマに次々と襲われるという将来を抱えて、機会と意思の力の両方によって、山岡さんは自分のことを私に話すためにここにいるのだ。

長崎はもともとは、二発目の原爆の標的ではなかったことについても考える。もともとの標的は小倉だった。一九四五年八月九日の朝には、長崎も小倉も共に雲に覆われていた。長崎の三菱重工が標的になったのは、雲の切れ目が現れたということのためだけだった。

なぜ選ばれたのかわからない人たちもいます。

私は、生き残らなかったり、治療を受けなかったりした人たちのことを考え、もう一度、高野山の墓地で、弘法大師の御廟に向かって川を渡る前に、地蔵に向き合っているような気持になる。私はもう一度、私の死者たちと対峙している。

元のボーイフレンドのアレックスを始め、どれほど多くの人たちがＨＩＶウイルスに命を落としてきたかを考える。ＨＩＶウイルスの進行と、それによってもたらされる損傷を止める治療法がない時代に、アレックスは、治療らしきものの手がかりがあれば、あらゆる可能性を追いかけた。薬物治療の形で希望が見えた時、彼はＨＩＶウイルス関連の病気ではなく、命を救ったはずの――そうなったかもしれない――未試験薬の副作用による心臓発作によって命を落とした。当時と今のとても多くの人たちのように、広島と長崎に住んでいた人たちのように、アレックスは間が悪い時に間が悪い場所にいたのだ。

ある一つの恐怖の危険性を、他のものと比べることができないことは承知している。だが、山岡さんの話には、今は私にとっても他人ごとではなくなったものが含まれていることがわかる。山岡さんが訪問中の教皇から手を振ってもらったことは、私が清水寺の湧き水を飲むのとどこが違うのだろうか。

一人の人にとっては水が死につながる世界でも、別の人にとっては水が何らかの癒しにつながるかもしれない。そして、一部の人たち――生き残る人たちは、見つかるかもしれないどんな希望にもしがみつくのだ。

次の日、私には休みが必要だ。私は汽車で山の中に入り、一八六七年に二十八人のキリスト教徒の流刑地となった小さな町、津和野に行く。

津和野の、斜交平行模様の白と黒の土壁に囲まれ、よく保存された昔の武家屋敷が並ぶ殿町地区では、通りに沿ってたくさんの鯉が泳ぐ狭い掘割がある。鯉の数は、町の住民の十倍以上と言われる。鯉はもともと、飢饉の非常食として飼われていた。

流刑囚のキリスト教徒は、古い荒れ寺に投獄された。二十八人が棄教を拒否した時、彼らは檻に入れられて、寒さの厳しい冬に屋外に放置された。

間もなく百二十五人の浦上のクリスチャンがそれに加わった。処刑が終わるまでに、三十六人が殉死し、五十四人が外見上教義を捨て、六十三人がキリスト教徒の信仰を守り通した。

雪が降り出す。

大通りの白いタイル貼りの壁の向こうはカトリック教会だ。深い信仰は一つの希望の形だろうか。

私は教会に入り、ステンドグラスの窓と畳の組合せに驚かされる。

翌朝、私は広島を離れる。よじれて絡まった折り鶴を、まるで旅に必要なスーツのように肩に掛ける。

新幹線で東京へ戻る時、長い間死について考えずにきた私にとって、死そのものではないにせよ、死について考えることが身近になったような気がする。障害を持って生まれ、これまでの人生でずっと、どれぐらい長く、どんな状況で、自分が動くことができる状態でい続けられるか、いつも考えていた。そして前年の夏、血餅がいつ再発するかについても考え始めた。

そして一月後に、ＨＩＶウイルスのことを知って、この不確かさがさらに悪化した。健康でい続けること、そしてこのために常に必要な警戒を怠らないことが、すべてに優先されるようになった。今、私が関心を現在からそらし、将来のことを考えたとしても、死はますますはっきりと見えてくるだろう。昨年の八月に入院してから、最初はこんな考えが浮かぶことに驚かされた。だが今では常に存在する。困難で気力を要することではあるが、こうしたことをかなりの期間考えずにいられる時でさえ、それはもっとなじみ深い――なじみ深すぎるものになってきている。

時とともに、死そのものではないにしても、こうした死についての思考が、どちらかといえば日本人がちょっと恥ずかしそうな「失礼します」という言葉と共に部屋に入るように、私の生活に遠慮がちに入ってくるのだろうか。それとももっと勝ち誇って、私の他の人生をまんまと締め出して、我が物顔で入ってくるのだろうか。

日本に最初に来た時、日本人が自分の障害にどう反応するか心配しながら、私は一人で到着した。到着後すぐに、障害者であることについて自分が感じていたことは、自分が住む社会について学んだことから内部化されてきたことだったと気付いた。日本では障害者としてよりはガイジンとして扱われ、人とは違った自分の体を、肉体的事実でしかない、またはその程度のものとして、自分でも見ることを学んだ。

だがほぼ六カ月前、シェイ医師のオフィスで宣告されたあの日以来、私の人生には新しい層が加わった。始めて私は肉体的に、前と後があるような気持になったのだ。

私は、佐古さんと山岡さんが二人とも、もう一度「普通に」、「きれいに」見えるようになりたいとどれほど思ったかを考える。顔を傷つけられて人に見られたくないと思った谷崎の春琴を、二人は知っているだろうか。

山岡さんと過ごした時間によって、私自身の中で続いている必死の戦いと、希望を持ち続け、それを作り出しさえすることの必要性に光が当てられたとしたら、佐古さんとの時間には、自分の体の中で今起こっていることをよく知らない、無知で純粋な前へ戻りたいという思いがはっきりと意識され、強まった。

前のようにきれいになりたかった。

佐古さんと山岡さんに、爆弾が落とされる前のように、手術の前のように、二人と話して私が思ったように、きれいだと思ってほしい。

障害を持って生まれ、これまで私には「前」はなかった。自分が何らかの形で人と違っていない場所は、自分にはなかった。だが今は自分が何かを失ったような気がする。自分は喪失を感じているのだろうか。喪失は適切な言葉なのだろうか。

舞踏の踊り手の和栗由紀夫の、死体を掘り出している姿が再び現れる。ジョン・レノンが「愛は真実」と歌うと、黒いカーテンが開かれて、クリスマスの照明に照らされた神社が現れる。踊り手は両手に抱えた死体を埋め戻すのだろうか。それとも自分自身のものかもしれない死体とともに踊り続けるのだろうか。

日本では、肉体的な違いを抱える人たちが、私とは違う文化の中でどのように見られているかについて、全体像を理解したいと思った。意図は変わる。天気も変わる。障害があろうがなかろうが、身体は、前も後もない連続としての、死すべき者の生の一つの事実であるということを、私は今、直観的に理解しかけている。

もののあわれ。障害と日本についての私の理解が融合してくる。すべての体は、いずれかの時に、いずれかの理由で、または明らかな理由なしに、変異し、変化していく。身体は、日本のようにプロセスであって、外見、能力、時間は不変ではない。

家に帰って、私は色とりどりの折り鶴を、小さな部屋の中で折り鶴を視線の中に置ける唯一の場所である、テーブルと窓のそばのコーナーチェアーに垂らす。

【訳註】

お好み村

広島市のど真ん中、新天地の「新天地プラザビル」にあり、飲食ビルの二、三、四階の全てのフロアーが、古くからのお好み焼専門店で賑わっている。「お好み村」の名付け親は、『にっぽん部落』などの著作で知られる作家・きだみのる氏。

佐古美智子（一九三二〜二〇一七）

十三歳の時広島で被爆し、十年後に米国で治療を受けた「原爆乙女」の一人。ケロイドに苦しむ女性たちの思いを一九五三年に作詞し（ほほえみよ還れ）、記念式典で高校生たちが披露。

広島の願いを趣味のキルトに託した展示も行っていた。

山岡ミチコ（一九三〇～二〇一三）
一五歳の時広島で被爆し、十年後に米国で治療を受けた「原爆乙女」の一人で、被爆体験の証言活動を続けてきた。

ディス・イズ・ユアー・ライフ
アメリカで一九五二～一九六一年まで放送されたリアリティ番組。ラルフ・エドワーズが司会者を務めた。

原爆を落とした爆撃機のパイロットとも対面
原爆を投下したエノラ・ゲイの副機長だったルイス氏は番組で、「おお神よ、私たちは何ということをしたのか。そう思い、この言葉を飛行日誌に書きました」と涙をこぼした。

8　プラスの効果

計画のない愛とは何か？　将来のない愛とは？

数年前、アレックスがＨＩＶ陽性だとわかった直後に、私はこう書いた。その時、私は陰性だった。しかし、二人の恋愛関係は、ＨＩＶ以外の理由によって続かなかった。

今は四月だ。札幌ではまだ冬だ。マイクのアパートの周りの歩道は、まだ雪が高く積まれている。彼のアパートは、二月と同じぐらい寒い。

また一緒に、私たちはゆっくりと、新しい状況の下でのそれぞれの思いを確認する。最初は沈黙のうちに、それから互いに質問し合って。二人の生活の変化は何を意味するのだろうかと。

日本に一緒に留まるという二人の計画は、やめにしなければならない。マイクは、教師の契約を更新しないことにする。そして、八月末にカナダに帰る。薬を入手し、必要な一貫した治療を受けることが難しいために、私が日本に住み続けることも不可能のようだ。私もまた、もう一度、しぶしぶ日本を後にする。

だが、遠距離恋愛では何が起こるか分らないことない事は十分承知している。マイクと離れて暮らしたくはない。

ベッドで、

「僕がフルブライトを終えたら、滞在を延長して、この夏札幌で一緒に住むのはどうだろう？」

と、試しに聞いてみる。

「ああ」

シャワーでは、もっと大胆に、

「僕が君とカナダで一緒に暮らせる方法を、二人で考えようか？」

と聞く。

彼は答えない。

二人のシャワーが終わり、タオルで私の体をふきながら、

「何をしても僕は今より幸福になれないだろう」

と、彼がようやく答える。

こうした欲望を口にしてから、私たちは私のフルブライトが終わる二月の終わりに向けた計画を立てる。

体調に問題なければ、私は多くの日本の民話が生まれた遠野へ旅して、日本文化における障害についての研究を完成させたい。

私が夏の分の薬品を通信販売で注文し、それを麗子が日本に送ってくれる。それから六月の終わりに、札幌でマイクと合流する。

私たちは夏を札幌で一緒に過ごし、マイクは、私と一緒に飛行機で北米に戻る。私はマイクにノーザンプトンの私の家を見せる。そこからマイクを、やはり彼が行ったことのないニューヨークへ連れて行き、彼を友人やイアン、そして両親にも紹介する。

「いいね」

と、彼は言う。

「僕の体にも協力してもらいたいね」

「錠剤は飲んだかい」

と彼が聞き、二人はベッドへ行く。

東京に戻って、次のT細胞検査とウイルス負荷を調べるために採血に行く。診療所から戻り、桜の木が早咲きの花をつけているのにびっくりする。私が日本で最初に見る桜は、私の住む町の、この通りのものということだ。

気分が悪く、数日間部屋にこもった後で、思い切ってまた外に出かけてみる。自分がほとんどの時間感じているのが、感情なのか、肉体的な症状なのか、よくわからない。どちらがどちらなのか。それとも区別はもともと曖昧なものなのか。

夜は、副作用を最小に抑えるために、夕食を早目に、できれば六時頃に取り、決して八時以降に取らないようにしなければならない。外出する時は早く帰らなければならない。十一時に錠剤を飲むことにしているが、飲んだ二十分後には副作用に襲われる。その後は外へ出られるほど安定することはない。早起きすれば目まいと吐き気がひどいので、朝は遅く起きるようになる。

私がようやく外出する気になったのは、桜を見たいという欲求からだ。桜が東京中で花を咲かせ始めた、という記事を読んだ。日本人は花に夢中で、この熱狂は桜の花となると飛躍的に大きくなる。多分清少納言が一番よく言い表しているだろう。

さても春ごとに咲くとて、桜をよろしう思ふ人やはある
(毎年、花を咲かせる桜を「もう見飽きたよ」などと言う人はいないでしょう)

私が住んでいる所から地下鉄で二駅の所に、東京の花見スポットのベストテンにあげられる目黒川がある。駅から少し歩くと、地域の桜祭りののぼりと提灯が見える。

角を曲がると、大波のように見えるピンクがかった白い花を一杯に付けた、無数の桜の木

が川面を覆っている。これほどたくさんの花は見たことがない。日本についてのイメージを最初に与えられた、浮世絵の版画が思い出される。

日本に最初に到着して以来、聞いたり集めたりしたすべての物語のことを考える。そのうちのどれが事実で、どれが伝説か、わかる人が誰かいるのだろうか。

日が沈み始める。水面には、暗い木々とともに白い花も映り出す。提灯に明かりがともる。それも川面に映る。川沿いを歩いていくと、水に浮かぶ花がますます多くなっていくのに気付く。

日本人にとって、桜ははかなさ、死すべき運命、変化の証であることは承知している。だが、先月初めて梅の花を見た時に感じたように、私が桜の花を見る瞬間に感じるのは、目の当りにするものを堪能し、それに満たされているという感覚だけだ。

じっと立っているのに、自分の方が動いているような気がする。まだ目まいがしているのだろうか。それとも今見ているものに体が反応しているのだろうか。

これからもっと多くの桜を見る機会があったとしても、初めて桜の花を見たこの時のことを、決して忘れることはないだろう。今日目にした光景を見ることができたことで、希望が持てた。その希望が、この花のようにはかないものでなければ、と思う。

桜の花を見ていると、それぞれの花が単独で、水面に浮かんでいるように見える。梅の花が地上でとても色鮮やかだったことが思い出される。

電話が鳴るが、自分がどこにいるのかわからない。床の上で眠り込んでいたに違いない。自分がどのようにして、いつもは部屋の反対側の椅子の上にある色紙の折り鶴と絡まっているのかもさっぱりわからない。

医師は私のＴ細胞が、日本にたつ前に最初に感染を知った時の値とほぼ同じ、三百四十四に戻ったと言う。

驚いたことに、私の血液の中に、今はもうＨＩＶウイルスは見つからないと言う。検査で測れるのは血液中のウイルスだけで、ウイルスは器官細胞や脳の中にも存在することが知られている。だが、これは良い知らせだ。通常は、服薬を始めてから検知されないレベルになるのに何カ月もかかるようだ。

もう一度、まだ残っている副作用を何とかする方法はないか診てもらうために、私はみかと一緒に治療師のモギ先生の所へ行く。前回の治療は、私の体内のＨＩＶウイルスを減らすのに役立ったのだろうか。先生は、私の変化に気付くだろうか。

最初に私の右腕を持ち上げて肩に押し付け、次に私の親指と人差し指をぐっと開き、その後で可動治療台に乗せて頭に鍼灸針を少しだけ刺し、モギ先生は部屋の奥からもう一度私を見る。

「肺と前にいた場所からはウイルスがなくなっています。今は脳にいるだけです」

東京に戻る列車の中で、最新の試験結果のことを事前にモギ先生に言ったかどうか、みかに尋ねてみる。

「いいえ、言わないように言われたでしょう。言うべきだったかしら」

子供時代に長期間にわたって手術を受けてきたために、私は西洋の医療に満足してこなかった。モギ先生に診てもらうと、毎日の生活の上で、目に見えて効果がある。気力が充実し、集中力が増す。モギ先生が何をやるのかは私には決してわからないだろうが、先生の治療にはプラスの効果があり、そのために、私は可能な時にはいつも先生の所へ行き続けることになるだろう。

9　古の国での新しい物語

小栗判官*は、対立する一族のために城を失った十五世紀の大名の息子だった。判官は、優れた馬の乗り手であることでも知られている。文楽、歌舞伎や説経節で語られる判官の伝説は、父親の盗まれた家宝を見つけるための冒険が基になったものだ。

伝説では、小栗判官は日本中をさすらい歩く。彼は東国の大膳の城へたどり着く。大膳の娘の照手は判官と恋に落ちる。大膳はまず暴れ馬を使って、次には毒によって、判官を殺そうとする。顔に傷を負い、歩けなくなった（通常はハンセン病の症状）小栗判官は、彼の車を引くことで大きな功徳が得られると信じる者たちに頼って、木の車で日本中を放浪する。最後に、熊野の聖地にある滝にたどり着き、小栗判官は、その地の隠者と湯の峰の湯の癒しの力によって全快する。

フルブライト委員会の発表ために、調査しなければならない所がまだ一カ所残っている。『遠野物語』として知られる民話の故郷であり、東京から遠く離れた遠野だ。最初の計画通り、マイクが一緒に行けたらよかったのだが、それはかなわなかった。旅が楽になるよう、遠野への行き帰りに何カ所かに立ち寄ることにする。

十分な錠剤と、予定より遅れる場合のために一週間分の予備の薬を持ち、一六八九年の俳人、芭蕉と同じように、私は北へ向かう。

最初に日本に着いて以来、芭蕉が見て、『奥の細道』に書いた場所を見たいとずっと思ってきた。今私は、かつて芭蕉が立ったのと同じ海岸に立っている。芭蕉もまた、数百の小島とその鋭角にねじれた松を見た。松と島という地名と、主題と感嘆の双方を表す音節である「や」だけを使って、芭蕉は、彼の最も有名な俳句の一つをここで詠んだ。

松島や　ああ松島や　松島や

私は船に乗って、松の生える小島に近づく。ほぼ八カ月前の浅草寺のおみくじが思い出され、マイクのことを考える。流れを渡る船を漕ぐとは、世の中で他人とうまくやっていくことの例えだ。

平泉はかつて、その地を選んで地上の楽園とした、まばゆく輝く藤原氏の都だった。今の平泉は、北上川河畔の活気のない町に過ぎない。この町には、昔和歌の宴が催された場所であり、私が日本についての最初の詩を作るきっかけとなった、毛越寺の庭園を見に来たことがあった。私は夕方早くに着き、毛越寺の宿坊にチェックインする。この寺院の宿泊所の今晩の客は私一人だ。

早朝の薬の副作用はあったが、私は、本堂での僧侶の勤行に加われるよう、明け方に起きる。そこにいるのは、私の部屋へのチェックインをした若い僧だけだ。私は、この僧と向かい合わせに座る。まだ少し目まいがする。僧が今朝のお経を唱え、私は目を閉じる。ここでも浅草寺のおみくじのことが思い出される――

願い事叶う、ためにすべてに謙虚であるべし

私は自分の身体に、目的地まで安全に連れて行ってくれるよう頼む。

毛越寺は幽霊寺のように感じられる。勤行の後で、庭園の池の周りを歩く。庭園はほとんどが荒れ果てている。昔の流れの跡が見つかる。和歌の宴が行われた何世紀か前には、ここが祝宴の場で、催しの中心だった。そのために、流れのほとりには歌の詠み手が座り、そばを流れていく盃の前で短歌を詠んだのだ。

遠野で列車を降りるのは私だけだ。

一九〇九年に、民俗学者の柳田国男が遠野を訪れた。そして農夫たちが、昔からの儀式によっ

てなだめようとする、魔物や妖精の住む世界を見出した。花田先生が三カ月前の東京での会合で話してくれたように、ここでは子鬼や幽霊や神が毎日の生活の一部だった。遠野の人たちは今でも、子供の妖精である座敷童の話をし、夜中に走り回るのが聞こえると言う。

遠野の伝説の中で最も人気のあるのは、何と言ってもいたずら者の河童だ。

駅から歩いていても、子鬼や幽霊には気付かない。だが町中に短気な河童がいるのには、いやでも気付かされる。郵便ポストの上に、お土産屋の中に、そして、交番にまで。

伝説によれば、河童は川に住んでいる。いつもは緑色をしているが、時々顔が赤くなる。どことなくカエルに似ていて、腕と脚は長くて骨ばり、手足には水かきがあり、くちばしは尖り、頭の上にはくぼみがある。この頭の上のくぼみは、いつも水で満たされていなければならない。もし河童に出会ったら、お辞儀をするといい。河童が釣られてお辞儀を返すと、このくぼみから水がこぼれて、河童は急いで水を足しに行かなければならない。

遠野市博物館で、河童の子供を孕んだ女性が奇形の赤ん坊を産む、と信じられていたことを学ぶ。そうした赤ん坊が生まれると、赤ん坊はバラバラに切り刻まれて小さな酒樽に詰め込まれ、土に埋められたと言う。この話から、障害のある自分の赤ん坊を殺した横浜の女性の事件を思い出す。遠野で、私の研究はようやく完結する。

翌日、私は列車とバスを乗り継いで辺鄙な場所に行く。ここで、次の交通手段を待つことになっている。昔の風情を残していることで有名な、三百五十年前からの*鶴の湯温泉の予約を、みかが取り、確認までしてくれていた。

私は、時計をチェックする。温泉からの人が私を迎えに来て、残りの道のりを車に乗せてくれることになっている。その時間の十分前だ。日本以外の場所だったら、安心して迎えを待つことはできないだろう。そうは言っても、十分間が過ぎるまでに何回か時計を見ると、まるでそれが合図でもあるかのように、他には何もない道路に一台のバンが姿を現す。バンが止まる。

「ケニーさんですか?」

「ハイ、ケニーデス」

砂利道をさらに山深くまで進むと、携帯電話が通じなくなっていることに気付く。マイクと出会って以来、今晩が、彼と話すことができない最初の夜になる。

バンから降りるとすぐに、自分が来るべき場所に来たことがわかる。木の水車と壊れそうな小さな鳥居のような門の先は、広い、舗装されていない土の道になっている。道の両側に、二階建ての木造の家が並ぶ。外壁の板は、どれも質素に黒く塗られている。聞こえるのは急流の音だけで、ワイルドウエストのゴーストタウンと江戸時代の村の境界のように見える所を進むにつれ、水音が大きくなる。小道は川の所で終わる。

バンの運転手が、私の後をついてくる。彼は、急流にかかる木の橋の先を指さす。私はうなずく。彼が指しているのが、川の反対側に並ぶ背の高い冬枯れた葦の先にある、露天風呂だということがわかる。

私は、小さな畳の部屋にバッグを下す。浴衣に着替えて急流へ戻る。

私は川を渡る。

標識に書いてあることがわからない。もしわかれば、男性用の脱衣所や浴槽がどちらなのかわかるのだが。

一方の小屋を覗くと男性が見える。これが多分男性用だ。私は浴衣を脱ぎ、籐のかごに入れる。外へ出て、周りを囲む葦の辺りをちらっと見ると、男性が一人浴槽の中にいる。私はやけどしそうに熱いお湯に体を沈める。そして背をそらせ、周りの山々と、次に晴れた空を見上げる。

どれが指でどれがつま先か、どれが頭でどれが足の裏か、どれが前でどれが後ろか、定かではない。体のすべての部分がバラバラになりながら、しかも融合している。違いは重要ではない。

自分が、非常にゆっくりと現れ、立ちあがり、姿を現す舞踏の踊り手だということもあり得る。変化としてではなく、変化しつつあるものとしての生のプロセスが見える……

東もなく、西もない。方向もない。計画もない。

時が解消する。思考が消滅する。

意識、無意識。見えるもの、見えないもの。自分の体の内側と外側のすべてのものが一体となる……

ウイルスは変化しつつあり、私ではなく私の部分。

言葉はない。感覚はない。将来もない。

私は消え去る。


【訳注】

小栗判官
伝説上の人物。常陸《ひたち》の城主。名は助重。父満重が管領足利持氏《もちうじ》に攻め殺されたとき、照手姫に救われて、藤沢の遊行上人の道場に入る。説経節や浄瑠璃の主人公。

鶴の湯温泉
乳頭山の麓の乳頭《にゅうとう》温泉郷の八軒のうちの一軒で同温泉郷の中でも最も古くからある温泉宿。名前の由来は地元の猟師・勘助が猟の際に傷ついた鶴が湯で傷を癒すのを見つけ事がそのまま鶴の湯の名に残ったのだという。

エピローグ：行列

最初に日本を離れた時、私は滞在を支援してくれた財団にレポートを書くことになっていた。だが書きあげることはできなかった。私の日本滞在はまだ完結していなかったようだ。フルブライト委員会で研究を発表した後の今は、レポートを書くことができる。

私はレポートを書きたくない。だが今回は、その答えを出すために来日しようと思った疑問——日本で障害者であるとはどういうことか——が日本に住むことによって、別のものに置き換わっていた。そのために、レポートを書けることがわかっている。研究を通して、自分にできる範囲ではあるが、前には見えなかったものが見えてきた。日本における障害者の歴史が、少なくともいくらかは、目に見えるようになった。

そして今、私はようやく自分が学んだことすべてをつなげる全体像を、構築する必要がないことに気付く。境界は取り払われた。私が見るのは、表現、物語、時の連続なのだ。前も後もなく、到着も帰還もない。

東京を離れる一月前の六月、私はみかと明治神宮の水仙を見る。

このような曇った日でも、水仙にはびっくりさせられる。私は沼地にかかる木の橋を渡る。そして、できるだけ近くから一つ一つの花を見ようと、精一杯身を屈める。

橋の反対側には、みかの姿が見える。水仙を最初に見た時のことで始まる私の詩が書かれた手ぬぐいを、まるで旗のように頭上に掲げている。私は、雨が降り始めたことに気付く。

私はみかに近寄って、

「それでは濡れるでしょう」

と言う。

「水仙を見るには雨の中が一番いいの」

「誰がそんなことを言ったのですか？」

「運がいいの。昔から言われているわ」

私たちは立って、雨のしずくが水仙の沼地にポツポツと落ちるのを眺めている。

一週間後、マイクと夏の間一緒に住む札幌へ行くための飛行機に乗る準備が整う。荷物は一足先にアメリカへ返送されたか、ドアの近くの旅行鞄の中にある。私は部屋を見渡して、忘れ物がないことを確かめる。

まだ一九六〇年代のカツラのように見える色とりどりの折り鶴の連が、酔っ払って長居しすぎた客のように、部屋の唯一の椅子に散らばるように掛かっている。

広島から東京へ持ち帰ったこの贈り物をどうしようか迷う。

荷物に詰めることはできた。だが紙がボロボロになってしまうだろう。飛行機には、汽車で持ってきた時のように、洗濯物のように持ち込むことはできない。

お腹が減っている。駅の近くのそば屋にもう一度食べに行きたい。私は、折り鶴を集めて手に持つ。

通りを途中まで行くと左でなく右へ曲がる。外へ出ることができる時には毎日、通り過ぎてきた近所の小さな神社に立ち寄る。十段の木の階段を上り、木の桟の付いた慣れ親しんだ賽銭箱の前に立つ。目を閉じ、もう一度お祈りをし、お辞儀をして柏手を打つ。

箱の中に小銭を入れる代わりに、折り鶴を祭壇の前に置く。ここなら、私の部屋のように、周りのものとぶつかることもない。折り鶴は果物、酒瓶、花などとともに、すっかり供物の一部になっている。

ほんのちょっと前までは手放したくなくて持って行くつもりだった、この折り鶴を捧げることによって、いったいどの神の怒りを鎮めることができるのだろうか。

札幌は夏だ。雪もようやく溶けた。

お盆の最後の夜、中島川が流れる大きな公園である中島公園へ行く。川沿いに神社があり、祖先の霊が帰り道を見つけやすくするための、お盆の最後の夜の行事が行なわれている。マイクとは仕事が終わったら会う。私は早目に、同行者のない他の何人かと一緒に、たそがれの直前に着く。私たちは岩が並ぶ川の横に置かれたテーブルを見る。川の上には筏のような木の板の橋が作られている。

暗くなると、少なかった人の数が増えて群衆になる。そして、テーブルの前に列ができる。私もその列に加わる。

めいめいが袋と台皿とろうそくを取る。

袋は赤か緑で、それぞれ漢字が書かれ、中華料理のテイクアウトの容器を思い出させる。台皿は、浅い縁が付いた四角形だ。ろうそくは燈明よりは太いが、父親がその父親（私が生まれる五年前に死んだ私にとっての祖父）をしのんで灯した覚えがある、命日のメモリアルキャンドルよりは細い。

私は他の人たちのやることを見て、それをまねる。ろうそくを台皿に載せ、それに袋を掛けると、袋の両端には穴が開いている。

袋を持つ人々は、公園の売店からファーストフードを運んでいるように見える。だが、仮設の橋に着き、黒い衣と灰色の帯を身に着けた僧侶に、ろうそくの火をともしてもらうと、別人のようになる。

ろうそくに火をともしてもらい、私は身を屈め、台皿を水面に置く。台皿の舟を流してやり、ゆっくりと川を下っていくのを見ている。

一人また一人と、誰もが同じことをし、水面に映る曲がりくねった緑、赤、白の明かりの線が作られていく。

私の立っている所からは、川をゆらゆらと下る明かりが、逃げていく避難民の行列のように見える。浮かんでいるろうそくの船の中には、互いに話し合うかのように集まっているものもある。が、ほかは単独で浮かんでいる。

時々、いくつかまとまったものや単独のろうそくが葦の茂みに引っかかったり、岩にぶつかったりして、前進せずに、川の岸近くでたゆたっている。時々誰かが、急な傾斜をものともせずに岸を降り、ろうそくの小舟をそっと押しやってやる。

どれが私の小舟かはわからないし、わからなくてもいい。だが何かの理由のために、一艘だけでは足りない気がする。私はもう一度列に加わり、もう一度、火のついた私のろうそくを、どことも知れない下流へと、ますます数を増しながら流れていく列に加えることができるようにする。

マイクを待ちながら、ろうそくに火をつけ、流すことを数えきれないぐらい繰り返す。僧侶にやりすぎと思われても構わない。僧侶に知られたとしても、またおかしなガイジンがいると思われるだけだ。闇の中でもあり、どの僧侶も黒い衣と灰色の帯を身に着けているので、前にろうそくに火をつけてくれたのと同じ僧侶かどうかさえわからない。

マイクが着く頃には、行列は数人にまで減っている。マイクも加わり、私たちは一緒に最後のろうそくを流す。二人は水の流れに乗って漂う、ちらちらしながらも安定した明かりをいつまでも眺める。

謝辞

クリエイティブ・キャピタル社の経済的その他の惜しみない支援なしには、本書が書かれることはなかったであろう。特にルビー・ラーナー、シーン・エルウッド、リサ・デント、ケミ・イレサンミに感謝したい。

トロント芸術評議会及びオンタリオ芸術評議会、日米友好基金及び日米芸術家交換プログラム、本書のための日本での研究を支援するフルブライト・スカラープログラムからの助成金にも感謝したい。

バンフセンター・フォー・ザ・アーツ・アンド・クリエイティビティのレイトン・アーティスト・スタジオ、レディーヒ・ハウス・インターナショナル・ライターズ・レジデンシィ、レーディヒローヴォルト財団／シャトー・ド・ラヴィングニー、マクドウエル・コロニー、ヤドーには本書の大部分を執筆する期間居住させていただいたことを、カナダ芸術評議会には旅行資金について、ゴダード大学教員開発基金には松江での調査への支援について、ルウェリン・ミラー基金、ポエッツ・イン・ニード、エドワード・オールビー及びアメリカ文学芸術アカデミー、スティーヴン・キングのヘブン財団には緊急の資金援助について感謝する。

日本との往来を助けてくれたことについて、メアリィ・ジョンソンとミケーレ・「ロク」・

フィエーニに感謝する。

日本での支援と調査について、クリストファー・ブラスデル、シマムラ・ナオコ、エンブツ・キミコ、ヒグチ・ケイコ、東京の国際文化会館の図書館スタッフに感謝する。

長瀬修には日本での調査が順調に進むよう助けてもらったことを、コズエ・ケイ・ナガタにはメールでの調査資料の送付と私の著作の日本語への翻訳に、花田春兆にはその障害研究の著作に、日本障害者リハビリテーション協会の上野悦子には日本と世界の障害者への献身に、松井亮輔には私のフルブライトの助言者としての温かい指導に感謝する。こうした日本の仲間を友人と呼ぶことが出来て誇らしく思う。

また、ムラカミ・タカコには東京の文学について、モチザワ・オサムとご家族には温かいもてなしと安藤忠雄の兵庫県木の殿堂へのドライブに、ハンダ・ミホには研究の手伝いと文書の翻訳に、ドバシ・ヨシトにはその友情に感謝する。

武智由香と高橋久美子には歌での協力に、安田有吾には手ぬぐいでの協力に感謝する。

グレッグ・アーウイン、ケン・ササキ、デボラ・デスヌー、シュウジ・キクチは日本を故郷にするのを助けてくれた。ブレンダ・ショネッシーは仲間になってくれ、舞踏の探求を共にしてくれた。

ワールド・フレンドシップ・センター、中国新聞の西本雅実、宮本慶子、山根美智子には広島で助けていただき、沼田鈴子、佐古美智子、山岡ミチコには、彼女たちの物語について私を信頼してもらった。

ドナルド・リチーには、日本についてのその比類のない理解と親切を分け与えてもらった。身近にいて本書を読んでもらいたかった。

アンドレア・リーブロン-クレイ、キャスリン・レビィ、デビッド・ショール、ジョアン・シルバー、チェイス・トゥイッチェルには、二度目の日本滞在を可能にしてくれたことを、モニカ・シャーフとメアリィ・ティンには外国にいる間の手助けに感謝する。皆様の愛情と支援なしには本書はなかった。

アンドレア・シンダーには執筆の最終段階でのアーティスト・コーチングに、エリザベス・ウエールズには私の著作を信じ続けてくれたことに、ラファエル・カダッシには所在がわかっていたものを本の中で見つけてくれたことに感謝する。

ウイリアム・シェイ医師は医師の使命以上のことをしてくれ、ランダル・マーシャル医師はこの旅を進めるに当たって思慮深い支援をしてくれた。

私をいつも助けてくれる両親であるジョアンとドナルドのフリース夫妻は、さらなる困難な状況に冷静に対処してくれた。二人の愛なしには、私の人生はこれまでのようなものにはならなかった。

故村松増美は友情を与えてくれ、私はこれをいつまでも大切にしていくだろう。あなたがここにいて本書を読んでくれないことは言い尽くせない喪失である。

歌手、協力者、比類のない友人、多くの点で「私の日本」であるきむらみかに感謝する。同じく日本に旅したラーナ・麗子・リズットは、ライター同士の友情、編集上の助言、本書の基本についての深い理解に、数え切れないほど多くの時間を提供してくれた。本書は私のものであると同じぐらいあなたのものであると、私は思ってきた。

イアン・イエーレについてはこれ以上何を言えるだろう。あなたはまだそこにいて、私とすべてを共にし、共に形作っている（今はあなたも日本を知っている）。

夫であり、恋人であり、最高の友であるマイク・マッカロク。あなたは本書が導く目的地である。

参考図書

本書の執筆に当たっては、以下の文献に大いに助けられ、そうした文献を本書に書かれた主題とテーマについての参考文献として推奨する。

本書で触れた、私が日本について書いた詩である"In the gardens of Japan"（日本の庭園で）は、本書の刊行に続いてGarden Oak Pressから出版される。（二〇一七年七月に出版された：訳註）

Basyo "The Narrow Road to Interior"（芭蕉『奥の細道』）Sam Hamill訳、Boston：Shambhala Classics、2000

Hearn, Lafcadio. "Grimpse of Unfamiliar Japan"（ラフカディオ・ハーン『知られざる日本の面影』）、諸版あり

"Kwaidan：Stories and Studies of Strange Things"（『怪談』）、諸版あり

"Lafcadio Hearn's Japan・An Anthology of his Writing on the Country and Its People",

Donald Richie編" New York : Tuttle, 2011
Keane, Marc Peter, "The Art of Setting Stones: and Other Writings from the Japanese Garden". Barkley: Stone Bridge Press, 2002
Morris, Ian. "The Pillow Book of Sei Syounagon"（清少納言『枕草子』）, New York : Colombia University Press, 1967
Richie, Donald. "The Inland Sea" Barkley: Stone Bridge Press, 2015
"The Japan Journals: 1947-2004", Leza Lowits編. Barkley: Stone Bridge Press, 1992
"A Lateral View: Essays on Culture and Style in Contemporary Japan" Barkley: Stone Bridge Press, 1992
Saikaku Ihara. "The Great Mirror of Male Love"（井原西鶴『男色大鑑』）Paul Gordon Schalow訳, Stanford: Stanford University Press, 2003
Tschumi, Christian. "Mirei Shigemori: Modernizing the Japanese Garden". Barkley: Stone Bridge Press, 2007

著者紹介

ケニー・フリース（Kenny Fries）

グスタヴス・マイヤーズ人権問題研究所の偏見と人権の研究名作賞を受賞し、ヒューストン・グランド・オペラから委嘱されたオペラ “The Memory Stone”（石の記憶）の脚本を手がける。日米友好基金と全米芸術基金の芸術家交換プログラムのフェローとなり、二度のフルブライト奨学生（日本とドイツ）であり、クリエイティブ・キャピタル、ならびに DAAD（ドイツ学術交流会）、カナダ芸術評議会、オンタリオ芸術評議会、トロント芸術評議会の助成を受けた。ゴダード大学のクリエイティブ・ライティング・プログラムで、MFA（美術学修士）として教鞭をとる。

編著書：”Staring Back: The Disability Experience from the Inside Out”(1997)、“Body, Remember: A Memoir”(2003)、“The History of My Shoes and the Evolution of Darwin’s Theory”(2007).　詩集に、“Anesthesia”(1996)、“Desert Walking”(2000)、“In the Gardens of Japan” (2017).

訳者紹介

古畑 正孝（ふるはた まさたか）

1945 年、東京生まれ。早稲田大学政治経済学科卒業。横浜市役所、国際交流協会等を経て、翻訳者として現在に至る。

訳　書：『世界を変える知的障害者：ロバート・マーティンの軌跡』（2016 年、現代書館）

マイノリティが見た神々の国・日本

－障害者、LGBT、HIV 患者、そしてガイジンの目から－　

平成 31 年 3 月 1 日 初版発行

著　者　　ケニー・フリース
訳　者　　古畑 正孝
発　行　　有限会社　伏 流 社
東京都文京区湯島１－９－１０
電話　03(5615)8043
Fax.　03(5615)9743
印刷・製本　（株）シナノパブリッシングプレス

ISBN978-4-9910441-1-3 C0095